CONTENTS

第一章　6
第二章　37
第三章　75
第四章　106
第五章　133
第六章　155
第七章　187
第八章　211
第九章　250
外編　夏空の色に
あと

MITSU YUME

イラスト／七夏

夏の終わりの夕凪に

染色作家の熱情に溺れて「下」

第一章

北国はお盆を過ぎると厳しい暑さが小休止し、日中の気温も二十七、八度くらいに落ち着いて、一気に過ごしやすくなる。

買い物の帰り、あかりは青々とした田んぼと道路脇に並ぶ背の高い向日葵《ひまわり》を横目に見つつ、自転車で緩い勾配を走っていた。

ふと前方を見ると、道路を挟んだ向かい側を何やらワサワサと小脇に抱えた小柄な初老の女性が歩いているのが見える。

明らかに農作業というスタイルの彼女を見たあかりは、声をかけた。

「高畠さーん」

「あら、あかりちゃん」

女性が顔を上げ、笑顔になる。

左右を見て車が来ていないのを確認し、あかりは自転車で道路を渡った。いつも愛想のいい彼女は、高畠健司の母親で和子《かずこ》という。元気そうなその姿を見て、あかりはホッとしながら言った。

「ぎっくり腰、もう大丈夫なんですか？　すごく大変だったみたいだけど」

「おかげさまで、ようやく動けるようになったのよ。まだ屈んだりするのは怖いんだけどね」

和子が先日子どもたちを預かってくれたことへのお礼、そしてそのときこちらが持たせたカレーが美味しかったと笑顔で言ってきて、あかりは慌てて首を振った。

「いつもこちらが一方的によくしてもらってばかりなんですから、全然気にしないでください」

「ううん、本当に助かったわ。何しろ腰が痛くてまったく動けなかったし、うちはほら、奈緒ちゃんが悪阻がひどくてあまり家事ができないでしょ？　今までの妊娠ではケロッとしてたのに、今回はぐったりしてて、見ていてかわいそうでね」

しばらくそうして世間話に花を咲かせていたものの、彼女がふと思い出したように言った。

「そういえば、あかりちゃん家の隣の――ええと」

「飴屋さんですか？」

「そう、彼ね。うちの双子が騒いでたわ、『また遊びたい』って。このあいだ青年会の飲み会に参加したって聞いたけど」

「はい。健司くんが誘ってくれたみたいです」

一週間前、飴屋は健司の誘いで青年会の飲み会に参加し、メンバーたちと仲よくなったらしい。

　意外にも彼らは気が合い、あれから頻繁に連絡を取り合っているようだ。和子が小脇に抱えていた束をあかりに差し出して言った。

「これ、今採ってきた枝豆なんだけど、よかったら持ってってちょうだい」

「いいんですか？　こんなに」

「飴屋さんにも分けてあげてね。結構お酒が強いって健司が言ってたし、酒のつまみにでも」

「いつもすみません」

　あかりが礼を言うと、彼女は意味深な表情でにんまり笑った。

「飴屋さん、えらく背が高いイケメンなんでしょう。あかりちゃんとお似合いだってあの子が言ってたけど、実際どうなの」

「何もないですよ。わたし、彼よりだいぶ年上ですし」

「何言ってんの、こんな田舎じゃ出会いもないんだから、頑張って捕まえないと」

　腕を叩《たた》きながら「ねっ！」と親子揃《そろ》って同じような調子で言われ、あかりは曖昧に笑って誤魔化す。

　和子と別れたあかりは、地味にきつい緩やかな勾配を自転車で走り始めた。前カゴでは、先ほどもらった枝豆がワサワサと揺れている。落とさないように気をつけながら自宅付近まで来たとき、ちょうど家の中から外に出てきた飴屋と目が合った。

「――あ」

「おかえり。その自転車の前カゴの葉っぱ、何？」

「健司くんのお母さんに、枝豆をもらったの」

「へえ」

　あかりは彼の家の敷地に、自転車を乗り入れる。

　飴屋の家の玄関横には、年季の入った木製ベンチが置かれていた。彼が自宅を購入したときからあったもので、座るとちょうど通りを眺められるそれは、少し軋《きし》むもののまだ使える代物だという。

　飴屋がそこに座り、手にしていた煙草のパッケージを揺らして一本口に咥《くわ》えた。そして慣れたしぐさで火を点けて吸い始め、意外に思ったあかりはついまじまじとその様子を見つめてしまう。

「煙草なんて吸うの？　初めて見た」

「たまにだよ。家の中では吸えないから、外で」

　布を扱う仕事のため、彼は家の中では煙草を吸わないらしい。

　吸ったあとは手を洗ってから仕事をするのだと言い、生地に臭いがつかないように徹底しているのだそうだ。

「元々吸ってて、金がかかるからやめてたんだけどな。最近口寂しくて」

「ふうん」

紫煙を吐き、コーヒーの空き缶に灰を落とす飴屋を、あかりはしばし見つめた。そしてふと思い出し、もらった枝豆の束を半分彼に差し出す。

「はい、これ。飴屋さんの分」

「えっ」

「健司くんのお母さんが、『飴屋さんにもあげてね』って。それと『このあいだは双子と遊んでくれてありがとう』って、お礼も言ってた」

「枝豆は好きでも、こんな状態でもらってもな」

戸惑いの表情で「一体どうやって食うんだ」とつぶやく飴屋に、あかりは笑って答えた。

「ひとつひとつ鋏《はさみ》で切って、それから茹《ゆ》でるの。結構手間がかかるけど、その分冷凍に比べたら味は全然違うから、頑張る価値はあると思う」

彼が渋い表情になり、「そうか」と言った。

それを見たあかりは、以前飴屋が「料理はほとんどしない」と言っていたのを思い出し、少し考えて提案する。

「仕方ないから、ついでにやってあげる。お隣の誼《よしみ》で」

「いいの？」

「うん」

枝豆の束を再度受け取り、あかりが茹でたあとで持ってくる旨を伝えると、彼は「頼むよ」と言って笑った。

　自宅に戻ったあかりは定位置に自転車を停め、庭に回って枝豆の束を地面に置いた。

　そしてため息をつき、掃きだし窓を開けてそこに座り込む。サッシにもたれ、たった今飴屋と交わしたやり取りをぼんやりと思い返した。

　彼と〝普通の隣人〟に戻って、既に三週間余りが過ぎていた。自分たちの関係は、表向きは何も変わっていない。会えば親しく言葉を交わし、隣人である飴屋に自宅のトイレと風呂を相変わらず貸し続けている。

　ただ、〝恋人〟としての接触がまったくなくなった。あかりが切り出した別れを彼が受け入れた日から、互いにそれを匂わせるような言動は一切なくなり、交際していたこと自体がなかったかのように振る舞うのが暗黙の了解となっている。

　だがふとした瞬間、あかりの心は揺れていた。

（あんな抱き方をしたのに……）

　あんなに執着を示す抱き方をしておきながら、飴屋は何事もなかったような顔をして笑う。

　おそらくそれは、自分が態度でそうすることを望んだからだとあかりにはわかっていた。彼はこちらにつきあって、平然とした顔をしてくれているだけだ。

　それなのに、飴屋のそんな態度を見るたびに勝手に傷つく自分を、あかりは持て余している。

（本当は全然、忘れてなんかいない）

彼の肌の熱さ、匂い、自分を抱く腕の強さも何もかも、生々しく覚えている。最後に言われた「好きだ」という言葉は、記憶が擦り切れそうなくらいに何度も思い出した。そしてそんな自分の諦めの悪さと身勝手さに、うんざりしている。

(馬鹿みたい。……自分から離れたくせに)

むしろ今も普通の隣人として振る舞ってくれている飴屋に、感謝するべきなのだろう。彼の優しさに甘えるばかりで、こちらは何も返せていない。

――煙草を吸うだなんて、まったく知らなかった。今さら飴屋の未知の部分を見てときめくなど、我ながら本当に馬鹿馬鹿しい。

これではまるで今も恋をしているようで、あかりは自嘲して目を伏せる。

(でも実際、そうなのかも。つきあってた事実がまるでなかったような顔をしながら、悠介を意識してるんだから)

ほぼ毎日顔を合わせて何気ない会話をしつつ、彼の整った顔や指の長い大きな手を目の当たりにし、胸を疼《うず》かせている。

やはり家が隣というのが、関係を絶ち切れない大きな原因だろう。風呂とトイレを貸していれば否応なしに関わりを持つことになり、だからこそ完全に飴屋を忘れられない。

しかしこうした関係が三週間余りも続くうち、あかりは「これはこれでいいのではないか」と思い始めていた。気持ちを伝えることはもうなくても、密かに想っているだけなら許されるような気がする。

心の中でいくら飴屋への気持ちを募らせようと、それは誰にも責められることのない自分だけの想いだ。

そうやって自分を許すと心がふっと軽くなり、あかりは小さく息をつく。掃きだし窓から立ち上がり、買い物してきた荷物を自転車から下ろす傍ら、庭に置かれた枝豆の束を見て考えた。

（悠介は枝豆が好きだって言ってたから、夕方までに茹でて届けてあげようかな）

そのためには、枝から鋏《はさみ》でひとつひとつ切り離さなくてはならない。

かなりの量があるので大変だが、それも〝隣人〟としてのサービスの一環だろう。そう結論づけたあかりはサンダルを脱ぎ、家に上がる。そして鋏とザルを取るべく、台所に向かった。

＊＊＊

あかりが枝豆の束を揺らしながら、自転車を押して自宅に向かって歩き去っていく。その後ろ姿を見送った飴屋は、紫煙を吐き出しながら小さく笑った。

（「お隣の誼でやってあげる」なんて、相変わらずお人好しだよな。面倒なら置いていってくれていいのに）

煙草の最後の煙を吐き出し、短くなったものをコーヒーの空き缶に落とすと、ジュッという音がする。

彼女が自宅の庭に姿を消すのを見届けた飴屋は、木製ベンチに座って往来を走る車をぼんやりと眺めた。恋人だったはずのあかりとただの隣人に戻って、もう三週間が過ぎている。

表向きの自分は、かなり上手くやれているはずだ。毎日当たり障りのない会話をし、穏やかな微笑みを浮かべ、かつての恋愛感情を匂わせることは一切ない。

しかしそれは彼女が〝そうしてほしい〟と暗に求めてきたからであり、実際の飴屋は何ひとつ納得はしていなかった。

（あれから三週間が経つけど、実は俺に別れたつもりがないって知ったら、あかりは一体どんな顔をするんだろうな）

突然別れを切り出してきたあかりは、「もうこの関係をやめたい」と言った。一人でいるのが気楽で、誰かと近い関係になるのが苦痛なのだと。

そう言われたとき、あまりにも思いがけない言葉に飴屋は頭の中が真っ白になった。実はその数日前から彼女の態度によそよそしさを感じていたものの、飴屋はそれを気のせいだと思おうとしていた。

だが実際に別れを切り出された瞬間、心の中は「どうして」という疑問でいっぱいになった。

ほんの数日前まで、あかりとは気持ちが通い合っていたはずだ。彼女の言葉も、自分に向ける笑顔も、触れたときの反応にもおかしなところはまったくなかったのに、突然態度を変えられて飴屋は理不尽な思いにかられた。

　だが結局のところ、飴屋はあかりを責めることができなかった。別れを切り出したときの彼女の表情がつらそうで、精一杯の勇気を振り絞って会話しているのが伝わってきて、「隣人としてはこれからもつきあっていきたい」と言ったときの語尾が震えていたため、飴屋はきつい言葉で問い詰めることができなかった。

（一体何があかりに、そう言わせてるんだろう。……全部俺に言えばいいのに）

　あんな顔をするくらいなのだから、あかりは完全に自分のことを嫌いになったわけではないはずだ。

　事実、飴屋が「抱きたい」と言ったとき、彼女はそれを拒否しなかった。執拗《しつよう》なまでにあかりを抱いた飴屋は、どうにかして本音を引き出したかったものの、結局彼女は最後まで気持ちの核心部分を語らなかった。

　あの夜の一部始終を思い出し、飴屋はやるせなく壁に背を預ける。抱かれている最中、あかりはときおり切実な眼差しでこちらを見た。身体は気持ちが通じ合っていたときと変わらずに反応し、甘い声を上げた。

　シャワーを浴びて寝室に戻ったとき、髪に触れた瞬間に目の前の身体がわずかに緊張したことで、飴屋は彼女が起きているのに気づいていた。

　最後に「好きだ」とささやいたのは、それが飴屋の本音だったからだ。突然別れを切り出されても、すぐには気持ちを変えられない。たとえあかりが何と言おうと、自分は元の関係に戻れるのを待っている——そんな想いを込めて言った言葉だった。

飴屋は彼女の家のほうを見やりながら、じっと考える。

（何に悩んで別れるっていう決断をしたのかはわからないけど、いつか気持ちが軟化したら、あかりはまた俺のところに戻ってきてくれるかな）

むしろそうなるまで待ち続けたいというのが、今の飴屋の本音だ。

待ち続けることでまた自分のほうを向いてくれるのなら、いくらでも〝よき隣人〟を演じてやって構わない。

そう決意したものの、ときおり気持ちが溢《あふ》れそうになる瞬間があり、それが最近の飴屋の悩みの種だった。あかりの細いうなじや二の腕が目に飛び込んできたり、鼻先に彼女の甘い匂いがかすめるたび、その身体を抱き寄せたくてたまらなくなる。

〝物分かりのいい隣人〟の仮面を捨て、無理やりにでも自分のものにしたい衝動が込み上げて、飴屋はそんな自分を持て余していた。

（ダサいよな……全然こらえ性がないんだから）

行き場のない気持ちを紛らわせるため、飴屋はかつてやめていたはずの煙草に手を出してしまった。

あかりは意外そうな顔をしていたが、もし「あかりに触れたいのを我慢するために、煙草を吸っているのだ」と告げたら、彼女は一体どんな顔をするだろう。

そう考え、飴屋は目を伏せて小さく笑う。迂闊《うかつ》な発言をして今の均衡を崩すことになれば、自分は〝隣人〟としてのポジションまで失いかねない。ならば現状維持のまま、当たらず触らずの距離でいるしかないのだろう。

薄曇りの空からは雲の切れ間からときおり日差しがあり、飴屋は眩《まぶ》しさに目を細める。まだしばらくは、煙草を手放せそうにない――そんなことを思いながら彼女の自宅から視線をそらし、飴屋は立ち上がって家の中に入った。

＊　＊　＊

午後の空は雲が多いものの、ときおり日が差して眩しさを感じる。

和子からもらった枝豆は相当な量があり、掃きだし窓に座って作業していたあかりは疲れをおぼえて息をついた。

膝の上に置かれたザルには、少し黒ずんだ枝豆がてんこ盛りになっている。しかし足元にはやりかけの束がまだ三分の一ほど残っていて、切り終わった枝葉の残骸が地面に数多く散乱していた。

立ち上がり、肩の凝りを感じながら首を回す。視線を巡らせたあかりは、ふと白い軽トラックが飴屋の家の敷地に入っていくのに気づいて眉を上げた。

運転席から降りてきたのは、健司だ。彼は外に出てきた飴屋と、家の前で何やら話し込んでいる。

（へえ、すっかり仲よくなったんだ……）

彼らが知り合ったのは、一ヵ月ほど前だ。

あかりが健司の子どもたちを預かっているときに飴屋が手伝ってくれ、その際に二人は連絡先を交換していた。あかりはその後彼らのつきあいにタッチしていなかったが、健司が飲み会に誘って飴屋がそれに参加したことは聞いている。

そのときふとこちらを向いた健司と目が合い、彼が手招きしてきた。あかりは庭から外に出て、隣家の敷地内に入る。すると健司が笑って言った。

「よお」

「こんにちは、健司くん。さっきお母さんと道端で会って、枝豆たくさんいただいちゃった。ありがとね」

「持て余してるやつだから、別に気にすんなよ」

彼いわく、飴屋の家を訪れた用件は、今夜行われる予定の飲み会の打ち合わせだという。

「このあいだ、青年会の集まりで盛り上がっちゃってさ。悠介くん家が広いっていうから、じゃあここでやろうってことになって」

「ふうん」

いつのまにか互いを「悠介くん」「健司」と呼び合うようになった二人は、すっかり意気投合したらしい。

彼は玄関から飴屋の家を覗《のぞ》き込み、「おお、すっげー広い」とつぶやいたあと、あかりに向き直って言った。

「あかりさんも来いよ。今日は青年会のメンバーの彼女とか、女子が何人か来るから」

「お誘いはすごくうれしいけど、今日の夜は仕事で忙しいから無理」

今日は九月の第一金曜日で、為替で一番注目されるイベントである米雇用統計の発表がある。相場に関するコラムを書いているあかりにとっては、決して見逃せないものだ。

すると健司が、残念そうに言った。

「そっか。あかりさん、普段そういう集まりに出ねーから、隣ならどうかと思ったんだけど」

「ごめんね」

別にそういう集まりを避けていたわけではないが、言われてみればこれまで数えるほどしか出ていないかもしれない。そこでふと思いつき、あかりは彼に提案した。

「よかったら何か作って、差し入れようか。もらった枝豆もあるし」

「いいの？」

目を輝かせる彼の横で、飴屋が言った。

「悪いな。あんまり騒がないようにするから」

「それは全然気にしなくていいけど。一体何人来るの？」

「六人？　七人だっけ、健司」

「あー、七人かなあ。『行けたら行く』って言ってた奴もいるから、もしかしたら若干増えるかも」

あかりは「じゃあ、またあとで」と言って話を切り上げ、冷蔵庫の中身を思い浮かべながら自宅に戻る。

(確か、鮪《まぐろ》と蛸《たこ》があった気がするけど……二、三品作れるかな)

まずは庭に向かい、途中だった枝豆を枝から切り離す作業を終える。

捨てる予定の枝葉は庭の片隅にまとめて積んでおき、家に上がって台所で冷蔵庫を開けた。

まずは冷凍庫にあった蛸を取り出し、里芋と一緒に圧力鍋で煮物にする。それから木綿豆腐を水切りして、椎茸《しいたけ》とたけのこ、玉ねぎ、人参、ひじきなどと一緒に甘辛くポロポロになるまで炒《いた》め、卵でとじて具沢山の炒り豆腐にした。

あとは解凍した鮪とアボカドを角切りにし、なめたけ一瓶と少しの醤油《しょうゆ》、酢、ごま油で和える。それらを全部お盆にのせてあかりが午後六時前に飴屋の家に向かうと、敷地には既に二台の車が停まっていた。

(車で来てるってことは、朝までコースなのかな。明日は土曜だから、仕事が休みの人たちが多いのかも)

そんなことを考えながら、あかりは家の中を覗き込む。

「こんばんは」

「おっ、あかりさんじゃん。久しぶり」

飴屋の家には、既に四人ほど客が来ていた。

男性三人は知っている顔で、あかりに挨拶し、お盆を受け取ってくれる。残りの一人はうっすら顔に見覚えがあるものの、名前を知らない若い女性だ。

「一体どこで見たんだっけ」と考え込んでいると、彼女のほうから話しかけてきた。

「あの、初めましてですよね？」

歳は健司と同じくらいで、二十三、四歳に見える彼女は、色白で清楚《せいそ》な女性だった。

顔立ちは平凡であるものの、雰囲気美人というのか、男性が放っておかないようなふわふわとした印象がある。

「私、井上希代《いのうえきよ》といいます。郵便局で働いてるんですけど」

「あ、そっか。郵便局……」

あかりは彼女を見た場所が、スーパーの傍にある小さな郵便局だと思い出す。

普段は窓口に座っている人をじっくり見たりはしないものの、何となく顔を覚えていた。

あかりが「初めまして」と挨拶すると、彼女がニコニコして答える。

「私、あかりさんのことは引っ越してきたときから覚えてました。この辺りは新しく移ってくる人って滅多にいないし、住所変更もないので」

田舎だからと言われれば納得するものの、意外に見られているものなのだとあかりは考える。希代がニッコリ笑って言った。

「あかりさんのお住まいって、悠介くんのおうちの隣だったんですね。うらやましいです、仲よくできて」

　彼女が飴屋を下の名前で呼んでいることに、あかりは驚く。

　青年会は男の集まりだと思っていたが、希代は一体どういう経緯で参加したのだろう。

そんなことを考えていると、廊下から長テーブルを運んできた飴屋が顔を出した。

「お、来てたのか」

「適当に何品か作って持ってきたんだけど、ここの家って取り皿とかあったっけ」

「あー、言われてみればないな」

「じゃあ、うちのを貸す？」

「助かる。ああ、俺がそっちまで取りにいくから」

　連れ立ってあかりの家に向かうのを、希代がにこやかな顔で見送っていた。あかりは後ろを気にしつつ、小声で彼に問いかける。

「女の子って、彼女一人だけ？」

「いや、あとでもう一人来るんだって。彼女、このあいだの青年会の集まりのときに終わり際に来てたんだ。元々みんな幼馴染《おさななじみ》だから、結構なあなあな感じらしい」

「ふうん」

　自宅に戻り、台所でお盆に取り皿と割り箸をのせる。

　そこでふと思い出し、あかりは茹でた枝豆ものせた。

「はいこれ、約束の枝豆」

「ごめん、何だかいろいろやってもらって」

飴屋が再度「一緒に飲まないか」と誘ってきたものの、あかりは首を横に振って答えた。

「夜は本当に仕事があるから」

「そっか。残念だ」

その後、彼の家の敷地に停まった車は二台ほど増えて、開け放した玄関からは盛り上がっている声がかすかに聞こえていた。

遠く聞こえる彼らの声をBGMに、あかりは仕事部屋のパソコンでファンドの各社予想を眺める。明日の朝一番で書き上げたコラムを送れるよう、ファンダメンタルズを分析して複数のデータを揃えていると、午後八時を過ぎた頃に飴屋の家のほうから何やら大声が聞こえた。

女性の悲鳴や「早く閉めろ」という怒号を聞き、あかりは飴屋の家で何があったのかを悟る。

（まあ、そうなるんじゃないかとは思ってたけどね）

案の定、いくらも経たずにインターホンが鳴り、あかりはため息をついて立ち上がると、リビングで応答した。

「――はい」

『すみません、トイレ貸してください』

「………」

　インターホン越しにそう言われ、あかりは玄関に行ってドアを開ける。

　するとそこには健司を筆頭に、飲み会に参加している数人が佇《たたず》んでいた。あかりは半ば呆《あき》れつつ、彼に問いかける
「どうせ例のトイレを開けたんでしょ？」

「うん。悠介くんには止められたんだけど、『いくら汚いっつっても、きっとどうにかなるだろう』と思って開けたらさ、得体の知れない虫がワサワサいて……。あれは使うの無理だ」

　虫が何匹かトイレから飛び出してきたことで、飴屋の家は大騒ぎになっていたらしい。

　それを聞きながら、あかりは健司の背後にいる数人を眺めた。後ろのほうには希代と派手めな若い女の子が一人いて、「すみません、私たちも借りていいですか」と問いかけてくる。

「どうぞ」

「あー、よかったー」

「すみません、お邪魔しまーす」

　どやどやと数人が玄関に入ってきて、あかりは健司のシャツを引っ張ってささやく。

「ねえ、トイレは貸してもいいけど、それ以外は立ち入り禁止。酔っ払ってうちで騒いだりとかは、絶対にお断りだから。ＯＫ？」

他の人にも伝えるよう申し付けると、彼が「わかった」と頷く。

そこに飴屋がやってきて、あかりに謝った。

「ごめん。トイレのこと、すっかり忘れてた。あかりに迷惑をかけるくらいなら、うちで飲み会なんてするんじゃなかったな」

「話を聞いたときから、何となくこうなるんじゃないかとは思ってたけど。今さら言っても仕方ないでしょ」

答えながら、あかりは彼の呼び方に引っかかりをおぼえる。

飴屋はいまだにこちらを〝あかり〟と呼ぶ。あかりがあえて彼の呼び方を〝飴屋さん〟に戻しても、頑なに変えようとしない。

名前を呼ばれるたびに落ち着かなくなる気持ちを押し殺し、あかりは何食わぬ顔で飴屋から視線をそらした。ふと視線を上げると、トイレから出てきた一人がいかにも興味津々といった様子で、周囲を見回している。

「……あ」

彼が手をかけたのは、トイレの斜め向かいにある寝室のドアだ。

あかりが制止しようとした瞬間、それよりも早く大股で彼に歩み寄った飴屋が後ろから男性の手をつかみ、開きかけたドアを音高く閉めた。

「わっ、何だよ」

「家主の許可もなく、勝手にどこでも開けるな。トイレ以外は立ち入り禁止」

「あー、ごめんごめん」

飴屋の言葉に、相手が慌てて謝る。

寝室を開けられなかったことに、あかりは内心ホッとしていた。そもそも他人がこの家に出入りするのは滅多になく、寝室はプライベートなスペースのため、開けられるのにひどく抵抗がある。

「ほんと、ごめん」

こちらに戻ってきた飴屋に小声で謝られ、あかりは目を伏せる。

「……ううん」

これまで寝室に入ったことがあるのは、彼だけだ。

熱にうかされたような最後の一夜を思い出し、あかりの身体の奥に熾火《おきび》のような情欲がよみがえる。

(もしかして悠介も思い出した？　寝室のドアに触れたとき、……あの夜のことを)

気にはなったものの、この状況で蒸し返せるわけもなく、あかりは黙り込む。

そんな自分と飴屋を希代がじっと見つめていたが、まったく気づかなかった。彼がメンバーを追い立てるようにして外に出ていくのを見送り、あかりはため息をついて仕事に戻った。

＊　＊　＊

夜になると残暑の厳しい昼間と違って気温が下がり、ひんやりとした風が窓からかすかに吹き込んでくる。

飴屋の自宅で開催された飲み会で、だいぶ酒が進んだ面々は、それぞれ少数人のグループを作って話し込んでいた。そんな中、飴屋は「どうして自分一人が、こんなことになっているのだろう」と考える。

「えー、じゃあ悠介くんって、普段はずっとおうちにいるんだ。家で仕事するのって飽きたりしない？」

隣に座っているのは井上希代といい、会うのは今日で二度目の相手だ。

といっても、前回彼女は飲み会の終わり際に来たため、正直顔も名前もうろ覚えだった。しかし今日は、飲み会の冒頭からべったりと纏《まと》わりつかれている。

（……少しは他の奴と話せばいいのにな）

飴屋自身は他のメンバーと話がしたいのに、希代はすぐこちらの会話に割り込み、話の腰を折ってしまう。

いつしか飴屋は彼女とばかり話をする羽目になり、そんな状況に辟易《へきえき》していた。目の前のグラスの中の焼酎を一口飲んだ飴屋は、希代の問いかけに淡々と答える。

「別に飽きはしない。好きだからやってる仕事だし、いつも同じ作業をしてるわけじゃないから」

「ふうん、すごいねー。そういう一生懸命な人、私好きかも」

そもそも青年会は男だけの集まりのはずだが、今回はメンバーの彼女も参加するという話になっていた。だが実際に来た〝彼女〟は一名だけで、希代はその友人らしい。

キラキラした目で自分を見つめる彼女の真意がわからないほど、飴屋は野暮ではない。だが積極的に異性との出会いを求めているならともかく、まったくその気がない人間にとって、度が過ぎた関心は煩わしいだけだ。

（どうにかなんないのかな、これ）

飴屋にぴったりくっついて座っている希代は、腕や膝に触ってきたりとボディタッチが激しい。

不快な気持ちをなるべく顔に出さないよう気をつけていると、ふいに離れたところに座っている健司と目が合った。彼は飴屋が困っているのがわかったのか、笑いをこらえる表情で視線をそらす。

（くそ……あいつ、あとで覚えてろよ）

「あ、悠介くん、これって何？」

希代が何かに目を留め、腰を浮かせて腕を伸ばす。

彼女が手に取ったのは、作業机の上にあったスケッチブックだ。勝手に開いて中を見ようとしたため、飴屋はそれを制止する。

「やめろよ。勝手に触るな」

「えー、どうして？」

「仕事に関するものだから」

その説明で納得してくれるかと思いきや、希代は目を輝かせて言った。

「嘘《うそ》、それなら絶対見たい。ね、何が描いてあるの？」

冗談ではなく、本当に見られたくない。

描き溜めたスケッチは飴屋の創作の元となるもので、企業秘密といっていいものだ。他人に軽々しく触られるのは不愉快で、取り返そうとするものの、彼女が食い下がってくる。

「見ていいでしょ？　ねっ、お願い」

「駄目だ。返せって、ほら」

取り上げようとしても、彼女はクスクス笑って離さない。

まるでじゃれ合ってでもいるかのような彼女の態度に、飴屋は次第に苛立ちをおぼえた。かつてはあかりにスケッチブックの中身を見せたことがあり、そのときは何とも思わなかった。しかし今こんなにも苛ついているのは、おそらく飴屋にとって希代がそれほど心を許していない相手だからだろう。

結局彼女はこちらの許可を得ずに勝手にスケッチブックを開いてしまい、「わあ、すごーい」と能天気な歓声を上げる。飴屋はこみ上げる怒りをぐっと抑え、希代の背後から強引にそれを取り上げた。

その瞬間、ふと視線を感じたような気がして顔を上げた飴屋は、目を見開く。戸口に佇んだあかりが、驚いた顔でこちらを見つめていた。

＊　＊　＊

夜の十一時を過ぎると、隣家から聞こえる声もだいぶ静かになってきた。車は一台帰っていったようだが、依然として多くのメンバーが残っている。

（あの女の子たち、もしかして悠介の家に泊まるのかな。雑魚寝で大丈夫なの？）

食器を下げがてら飴屋の家の様子を見に行くことにして、あかりは自宅を出る。

開け放された玄関から中を覗くと、手前側と奥に分かれ、数人の男性メンバーが固まって談笑していた。土間の物干し竿には洗濯済みの飴屋のジーンズとTシャツが揺れ、玄関の横では大きな蚊取り線香が半分ほど燃えて灰になっている。

長い二つのテーブルの上にはビールの空き缶や酒の瓶、乾き物のつまみなどが散乱し、あかりが差し入れた料理や健司が家から持ってきたらしいおかずの容器が空になっているのが見えた。

何気なく奥に目を向けたあかりは、そこに思いがけない光景を見てふと動きを止める。

「見ていいでしょ？　ねっ、お願い」

「駄目だ。返せって、ほら」

床の間の手前のスペースで話しているのは、飴屋と希代だ。

彼はどこか苦々しい表情だが、希代のほうは酒気を帯びた顔で楽しそうに笑っていた。二人はまるでじゃれ合っているかのように見え、かなり距離が近い。しかも彼女の手にあるのは飴屋の図案用のスケッチブックで、希代がそれを開いて声を上げた。

「わあ、すごーい。悠介くん、ほんとに芸術家さんなんだね。私、お仕事してるとこも見てみたい。今度来てもいい？」

「いいから返せって言ってんだろ」

希代の後ろから覆い被さるように、飴屋がスケッチブックを取り上げる。

次の瞬間、彼がふと視線を感じたように顔を上げ、あかりと目が合った。

「……っ」

気まずさをおぼえ、あかりは咄嗟《とっさ》に目をそらす。そこで健司がこちらに気づき、声をかけてきた。

「おっ、あかりさん来たんだ。一緒に飲もうよ」

彼と話していた数人も席を作ろうとしてくれたが、あかりは精一杯何食わぬ表情を取り繕うと、首を振って答えた。

「ううん、遠慮しとく。食器を下げに来たのと、女の子が泊まるなら布団がいるんじゃないかと思って来ただけだから」

「気にしなくていいよ、俺らはだいたいいつも雑魚寝だからさ。希代は門限があって、そろそろ帰る頃だし」

畳の上では既に数人が寝落ちしていて、先ほど希代と一緒にいた女性も隅のほうで寝ていた。

煙草を取り出した健司が一本口に咥え、火を点けようとした瞬間、奥から飴屋の鋭い声が響く。

「健司、煙草は外で吸え」

「おっと、そうだった。ごめんごめん」

健司に目線で外に行くように合図され、あかりは戸惑いながら頷く。彼の意図はわからないものの、この場から離れられることに少しホッとしていた。

玄関横に置かれたベンチはすっかり喫煙スペースになっていて、灰皿代わりの大きな缶には水が張られ、大量の吸殻が浮かんでいる。促されたあかりがベンチに座ると、彼も隣に腰掛け、煙草に火を点けながら問いかけてきた。

「なあ、さっきの見た？」

急に話を切り出されたあかりは、眉を上げて問い返す。

「さっきのって？」

「希代と悠介くんだよ」

あかりはドキリとしたものの、かろうじて動揺を抑え、曖昧に頷く。すると彼が紫煙を吐き、チラリと家の中を振り返って言葉を続けた。

「希代、今日は最初からあの調子で、ずっと悠介くんにべったりなんだ。もう完璧ロックオンしてる」

「そうなんだ」

「そうって、あれを見て何とも思わねーの？」

「どうしてわたしが気にしなきゃならないの？」

あかりが問い返すと、健司は意外そうな顔をして言った。

「俺はてっきり、あかりさんと悠介くんがいい感じになってんのかなーと思ってたんだけど」

「全然。そんなんじゃないから」

きっぱりとした答えに、彼はどこか釈然としない様子で首を傾げた。

「まあ、それならそれでいいけど。もしそうなら、希代はおとなしそうな顔して肉食系だから気をつけろって言いたかったんだ」

「肉食系？」

「うん。あいつ、狙った獲物は絶対逃がさねーんだ。そもそもこのあいだの青年会だって、誰かから場所を聞き出して無理やり割り込んできたんだよ。悠介くん狙いで」

意外な言葉に、あかりは驚く。

健司いわく、希代は飴屋が住所変更の手続きで郵便局を訪れた際に彼に一目惚《ぼ》れしたらしい。それから虎視眈々《こしたんたん》と近づく機会を窺《うかが》い、先日の青年会の飲み会に飴屋が来るという話を聞きつけ、強引に押しかけてきたのだという。それを聞いたあかりは、暗い車道に視線を向けながら言った。

「いいんじゃない？　別に。希代ちゃんはふわふわしてて可愛いし、年齢的にもお似合いだと思う。飴屋さんの四歳下だっけ」

「いや、年齢とかは関係ないじゃん。俺はあかりさんのほうが断然いい女だと思うよ。ほら、女は年輪っていうか」

「それ全然褒めてないんだけど」

おかしな慰め方をする健司に言い返したとき、飴屋の家の前に白いセダンがハザードランプを点灯して停まる。それを見た彼が、「希代の兄貴だ」とつぶやいた。

やがて玄関から、飴屋と連れ立って希代が出てくる。彼女はスマートフォンを片手に、笑顔で飴屋を振り返った。

「悠介くん、アドレスありがとう。あとでメッセージ送るね」

「気をつけて」

どこか淡々とした調子で返事をする飴屋を意に介さず、希代はベンチに座っているあかりと健司に視線を向ける。

「健司とあかりさんも、おやすみなさい」

「ああ」

「おやすみなさい」

上機嫌で迎えの車に乗っていく希代を見送った飴屋が、疲れたようにため息をついた。

それを座ったまま見上げ、健司が冷やかす口調で言う。

「すげー、モテモテじゃん」

「…………」

飴屋は物言いたげな眼差しで彼を見下ろしたものの、結局何も言わず、隣にいるあかりに視線を向けた。

「借りた食器は、明日洗って俺がそっちに持っていくよ。差し入れしてくれたの、すごく助かった。ありがとう」

「布団とかタオルケット、貸さなくて大丈夫？」

「適当に何か掛けておくから、雑魚寝しても死にゃしないだろ」

それを聞いたあかりは、何食わぬ顔でベンチから立ち上がりつつ言う。

「じゃあ、わたしもそろそろ寝ようかな。玄関の鍵は閉めるから、『朝までトイレは使えない』って伝えて」

「ああ」

二人に「おやすみ」と告げて背を向け、あかりは自宅に向かう。振り返らずに歩いて玄関に入り、鍵をかけて、ようやく張り詰めていた気持ちを緩めた。

（……わたし、普通の顔で話せてたかな）

先ほど見た光景が、脳裏によみがえる。

飴屋と希代は、思いのほか親密に見えた。二人が肌が触れるほどの距離で話しているのを見たとき、あかりは自分でも驚くほど動揺していた。

(わたしは、悠介のアドレスなんて……知らない)

あまりにも近くにいて必要がなかったためだが、自分の知らない彼の情報を知る希代に対して、モヤモヤとした気持ちがこみ上げる。

胸に渦巻く感情は、まるで追い立てられるような焦りだ。身の置き所のない、取り残されたような気持ちで息苦しくなる。

(もしかして、嫉妬……?)

飴屋が他の女性と親しげに話していたこと、そして自分以外の人間が彼に興味を持っている事実に、嫉妬している。

そう気づいたあかりは、苦い気持ちを噛《か》みしめた。

(……そんな資格なんて、わたしにはないのに)

その後、家中の電気を消してベッドに入っても、なかなか眠りは訪れなかった。

あかりは鬱々とした気持ちを押し殺し、ベッドに横たわったまま、いつまでも薄暗い虚空を見つめ続けていた。

第二章

九月に入ったとはいえ残暑が厳しく、今日の予想最高気温は三十一度となっている。

あかりの前で、高畠奈緒が驚きの声を上げた。

「はあ？　希代？」

その名前を聞いた瞬間、奈緒がみるみる眦《まなじり》を吊《つ》り上げる。彼女は険のある口調で言った。

「井上希代でしょ？　何であいつが……今度は一体、誰のことを狙ってんのよ」

飲み会の日から数日経った月曜の午前、あかりのスマートフォンに健司の妻である奈緒から、「悪阻が治まってきたから、このあいだのカレーの鍋を返しに行きたい」というメッセージが届いた。

いくら体調が良くなってきたとはいえ、妊娠中の彼女に無理はさせられない。そう考えたあかりは、「買い物のついでに、自分がそっちに寄る」と返信し、スーパーに行った帰りに高畠家までやって来た。

健司とその両親は少し離れたところにある畑で農作業中、双子は近所の友達の家に遊びに行っていて、末っ子の亜子は昼寝をしている。

居間でちょうど先週末に飴屋の家であった飲み会の話をし、「どんなメンバーが来ていたのか」という問いかけに希代の名前を出したあかりは、奈緒の反応に驚いていた。

「希代ちゃん、健司くんの幼馴染《おさななじみ》だって聞いたけど」

「まあ、この辺の同年代はだいたいみんな幼馴染だけどさ。私だって昔っから知ってるよ。あいつとは同幼《オナヨー》だし、同小《オナショー》だし」

「同幼……」

要するに、「同じ幼稚園、同じ小学校」出身だと言いたいらしい。あかりは意外に思いながら問いかけた。

「奈緒ちゃんって、ここの出身だったの？　てっきり結婚して移り住んできたんだと思ってた」

「ここで生まれて、中学に入るときに親の離婚で別の街に引っ越したんだよ。でも高校で偶然健司に再会して、結婚してからまたこの土地で暮らし始めたの」

元々ここの住人だったため、彼女は健司の母親も他の住人も幼少時からよく知っているのだという。意外な話にあかりは感心してつぶやいた。

「そうだったんだ」

「金曜日、飴屋さんの家で飲み会するってことは健司から聞いてたんだけどさ。でも健司、希代が来てたなんて一言も言ってなかった」

その口調から察するに、どうやら奈緒は希代にいい感情を抱いていないように感じる。

先ほど「子どもの頃からのつきあいだ」と言っていたが、何か揉《も》め事でもあったのだろうか。あかりがそう考えていると、彼女が言った。

「どうせ希代のことだから、誰かに過剰にベタベタしてたんでしょ。今回は誰？」

「……飴屋さん」

奈緒いわく、希代の肉食ぶりは昔から有名らしい。

ふわふわとして男の庇護欲《ひごよく》をそそる態度が得意な一方、同性の前ではかなりドライで、その態度の落差がよく思われていない原因のようだ。

希代の好みは背が高くて精悍《せいかん》なタイプだといい、飴屋の姿を思い浮かべたあかりは、確かに彼は希代の好みのタイプに違いないと心の中で納得した。

奈緒が扇風機の風量をリモコンで調節しながら、言葉を続けた。

「あいつ、うちらが結婚してこっちに戻ってきたときにしばらく健司にもちょっかいかけてたんだ。中学のときまでまったく見向きもしなかったくせに、健司が高校の三年間寮生活で地元を離れてるあいだに、すっごい背が伸びたから。私が行かない集まりのたびに毎回隣のポジションをキープして、彼女みたいにずっとベタベタしてたって聞いた」

確かに健司も飴屋ほどではないが背が高く、肉体労働のせいか筋肉質だ。あかりは彼女に問いかけた。

「それでどうしたの？」

「実際に集まりに顔を出して現場を押さえて、蹴りを入れてやったよ。『人の旦那にベタベタしてんじゃねーよ』って」

当時の奈緒は双子を妊娠中で、普通の妊婦よりかなり大きな七ヵ月の腹で大立ち回りをしたらしい。

ついでに隣にいた健司のことも「お前もきっぱり拒絶しろ、馬鹿！」と引っ叩《ぱた》き、場が騒然としたという。

「……若いってすごいね」

感心するのと同時に、あかりの中には「やはり自分の夫に手を出されたら、いい気はしないのだろうな」という罪悪感がこみ上げる。

そんな様子をどこか不思議そうに見つめ、彼女がテーブルの上のお菓子のパッケージを開けながら言った。

「希代は一度粘着したらしつこいよ。落とすまで絶対に諦めないし、あんな地味な顔してるくせにやたら自分に自信があるし。あ、希代が昔どれだけ地味だったか、中学の卒アル見せてあげようか」

あかりから見た希代は清楚《せいそ》な顔という印象だが、派手で人目を引く顔立ちの奈緒からすると、あれは〝地味〟になるらしい。

立ち上がり、本当に奥に卒業アルバムを取りに行こうとする彼女を、あかりは慌てて「いいから」と押し留めて言った。

「もし希代ちゃんが飴屋さんを気に入ったんなら、それはそれで仕方ないいんじゃない？

だって恋愛は自由だし、彼も独身だし」

「健司は飴屋さんとあかりちゃんのこと、『お似合いだ』とか言ってたけど」

「ううん、全然そんなことない」

笑って誤魔化しながら、あかりは自分の言葉に欺瞞《ぎまん》を感じていた。

口では「恋愛は自由だ」と言いつつ、心の中で希代に嫉妬している。飴屋も彼女も独身なのだから、外野がそのつきあいにとやかく言う資格はない。本当は嫉妬する権利すらないのに、諦めきれていないのが滑稽だ。

そのときふと弱音を吐きたくなったのは、行き場のない想いを抱えるのがつらくなったからかもしれない。気づけばあかりは、ポツリと言葉を付け足していた。

「……わたしとはもう、終わった話だから」

すると奈緒が、あかりの顔をまじまじと見つめる。束の間沈黙したあと、彼女がびっくりした顔で問いかけてきた。

「もしかしてつきあってたの？　飴屋さんと」

「うん」

「えー、いつのまに……で、今は？」

「少し前に別れた」

「何で？」

身を乗り出した彼女に、あかりは迷いながらポツポツと説明した。

彼が好きだったが、そもそも自分は恋愛向きではないこと。つきあっているあいだもすべてをさらけ出すことができず、どうしても結婚する気にはなれない。そんな自分は飴屋にはふさわしくなく、彼の時間を浪費させるのが申し訳なく思ったこと――。

その原因である笹井との恋愛に関しては、どうしても言えなかった。そのため、奈緒に語ったのは一〇〇パーセントの話ではない。それでも本音の一部を口に出すことでほんの少し楽になった自分を、あかりは狡《ずる》いと思う。

彼女は真剣な顔で話を聞いていたものの、やがて複雑な表情になって問いかけてきた。

「その理由って、どうしても別れなきゃいけないこと？　男女交際が必ず結婚に繋《つな》がるわけじゃないんだから、そういうのを考えずにつきあうのも全然アリだと思うんだけど」

「わたし的にはね」

「でもまだ好きなんでしょ？　飴屋さんのこと」

意外な問いかけに驚き、あかりは奈緒を見る。

「そう見える？」

「うん。話を聞いた感じでは、すっごく」

はっきり言いきられたあかりは、気まずく目を伏せる。

好きでももう、どうしようもない。せめて顔を合わせることがなければ諦めもつくだろうが、隣の家だからなかなかそうもいかない。

そんなあかりの言葉を聞いた奈緒が、眉を下げて言った。

「何それ……超切ないんですけど」

「でももう、終わった話だから。あの、この話健司くんには……」

「あー、言わない、言わない。あいつはね、まったく内緒話に向かない性格だから」

彼女が「健司に言ったら、次の日にはご近所中に知れ渡る」と断言し、あかりは思わず笑ってしまう。奈緒が考え込みながら言った。

「そっか。じゃあ、希代の動きが心配だよね」

「心配っていうか、二人にとやかく言う権利はわたしにはないし。希代ちゃんとつきあうのかどうかも、彼次第なわけだから」

「何言ってんの、もう」

彼女は少し怒った顔で、テーブルに身を乗り出して言った。

「愚痴くらい、いつでも言いなよ。そういうのは吐き出したほうが楽になるんだから」

「……うん」

「好きな気持ちって、そう簡単には消せないもんじゃん。いつかあかりちゃんが自分の中で折り合いをつけることができたら、また飴屋さんに好きって言えるんじゃないの？」

「どうだろ。今は全然、そんな気がしない」

そんな日が来るとはとても思えず、あかりは曖昧に笑う。

しかし心配してくれる奈緒の気持ちがうれしく、彼女に向かって礼を述べた。

「でも話を聞いてくれて、ちょっと気持ちが楽になったみたい。ありがとう、奈緒ちゃん」

見た目は派手でいかにも都会で夜遊びをしていそうな女性だが、話してみると奈緒は情に篤く、頼りになる。あかりとは年齢が十歳離れているため、おそらくここに引っ越してこなければ一生接点がなかったタイプだ。

そんなことを考えていると、奈緒が再び口を開いた。

「希代のことは、私に任せてくれる？　あいつの尻尾、どうにかふん捕まえてやるから」

鼻息を荒くしている彼女に、あかりは慌てて言った。

「でも、希代ちゃんは別に悪いことをしてるわけじゃないんだし」

「ううん、あいつは絶対、他にも男をキープしてるはずだから。昔からそうなんだ、ギリギリまでキープして新しい男を落としてから別れるってパターンで、要はいつも二股なんだよね。私は結構顔が広いから、ちょっといろいろ聞いてみる」

長年積もり積もった恨みがあるのか、奈緒がそんなふうに約束してくれ、あかりは何ともいえない気持ちになる。

たとえ希代の人間性に問題があるにせよ、独身である以上は恋愛は自由なはずだ。もしかすると、飴屋と真剣な交際に発展する可能性も充分ある。

（でもきっと、悠介なら……）

彼が一度人を好きになったら、相手にどんな悪評があっても決して気持ちを曲げないのではないか。なぜかあかりは、そう感じた。

一時間ほど滞在して高畠家を出たあかりは、自転車で帰路につく。いつまでも飴屋との恋愛を引きずって悶々《もんもん》としている自分が、ひどく鬱陶しかった。

彼がいずれ誰かとつきあい、その相手と結婚しても、あかりはただの〝隣人〟だ。自分で決断したのだから考え込むのはやめるべきなのに、いつまでも諦めきれない事実に嫌気が差す。

一時は、心の中で想っているだけならいいと考えたこともあった。だが当てのない想いを抱き続け、実際に飴屋が他の女性と関わっている姿を見るのが、こんなにもつらいとは思わなかった。

湿った空気が吹き抜け、髪を揺らす。飴屋を〝隣人〟として割りきり、彼が誰と一緒にいようと気にしない――無理かもしれないがそうなるしかないのだと考え、自転車のハンドルを強く握ったあかりは陰鬱な気持ちを押し殺した。

＊　＊　＊

自宅で青年会の飲み会が行われたのは先週の話だが、それ以降飴屋は淡々と仕事をこなしている。

このところ合同展示会に出すための作品制作が続いていたものの、急遽《きゅうきょ》別件の仕事が入り、ここ数日はそれに掛かりきりになっていた。

依頼してきたのは、今度の展示会の会場であるギャラリーオーナーだ。飴屋よりひとつ年下の彼女は、父親から受け継いだ街中の大きなギャラリーを経営しており、いつも作品を買ってくれるお得意さまでもある。

オーダーは茶会で使う小袱紗《こふくさ》で、他の仕事と並行して急ピッチで作業を進めるのはきついものの、忙しければ余計なことを考えなくて済む。今の飴屋にとっては、そのほうが都合がよかった。

小袱紗は地色を白橡《しろつるばみ》に染め、薄紅色の菊花文様を挿して、金泥で加飾する予定だ。葉の部分は湊鼠《みなとねずみ》と呼ばれる薄い青緑がかったグレーと織部《おりべ》の二色にし、糸目で葉脈を白抜きにする。

秋らしい上品な意匠のそれを作る傍ら、他の作業も並行してやるため、近頃の飴屋はおのずと夜更かし気味になっている。

隣家に住むあかりは、毎日だいたい決まったスケジュールをこなしているようだ。朝起きて朝食を丁寧に作り、掃除をしたあとで庭の手入れをして、少し仕事をしてから買い物に出掛ける。出会った当初から変わらない、優雅でゆったりとした生活スタイルだ。

友人となった健司は仕事の休憩時間に飴屋の家を訪れていて、一日一回外で飴屋と一服するのが日課になりつつあった。たまにあかりも居合わせて雑談に入ることもあったが、今日の彼女は健司から意外な話を聞かされていた。

「このあいだここの飲み会に来てた、徹《とおる》っていたじゃん。宮下《みやした》徹」

「えっと、誰だっけ」

「宮下時計店の」

「ああ、眼鏡を掛けてて落ち着いた感じの人？」

宮下徹は、レンタルビデオ店に隣接する老舗時計店の跡取り息子だ。

確か年齢は三十二歳で、穏やかな感じの青年だった。横で聞いていた飴屋がそう思い浮かべていると、あかりが健司に問いかけた。

「その人がどうかした？」

「あいつがさ、あかりさんのアドレスを知りたいって言ってるんだけど、教えていい？」

　健司いわく、宮下は先日の飲み会以来あかりのことが気になっているらしい。それを聞いた彼女が、考え込みながらつぶやいた。

「わたし、宮下さんとはたいして話とかしてないはずだけど」

「何かいきなり、ズキュンってきたらしいよ。差し入れてくれた料理がすごい美味いって褒めてたし、飲みながらも『あかりさんってきれいだよなあ』ってずーっと言ってたし」

　確かにそれは、飴屋も飲み会の最中に耳にしていた。

　宮下だけではなく、青年会の他のメンバーからもあかりは好意的な目で見られていたようだ。その事実にモヤモヤとしつつ、飴屋は素知らぬ顔でベンチに座り、煙草を咥《くわ》えながらスマートフォンでオンラインゲームを続けた。

　健司がニヤニヤ笑って言葉を続けた。

「あかりさん、結構青年会で人気あるんだよ。〝きれいなお姉さん〟的ポジションっつーか、面倒見がよくて落ち着いてるところがいいって奴が多いし、『甘えさせてくれそう』とか言ってる奴もいるし。年増なりに需要があるんだよ」

笑顔で「よかったな」と言う彼に対し、あかりがわずかに気分を害した表情で答えた。

「健司くん、わたしのアドレス知ってたっけ」

「一応な。最初の頃に交換したじゃん」

「あ、そうだね。顔を合わせることのほうが多いから、わざわざスマホでやり取りしてないけど」

親しさがにじむ二人の会話を聞いた飴屋の心が、シクリと疼《うず》いた。

（……俺はあかりのアドレスを、知らない）

実は健司が知っていたというのも、初耳だ。

結局彼女は「宮下くんには、角が立たないようにお断りしてほしい」と答えていて、飴屋は内心ホッとした。しかし表にそれが出ないよう、何食わぬ顔でスマホゲームを続けた。

やがてあかりが自宅に戻り、健司も「俺も仕事に戻るわ」と言って軽トラックで去っていき、今に至る。

一人になると、途端に蟬《せみ》の鳴き声がジリジリとうるさく感じた。飴屋はベンチに座ったまま煙草を咥え、ぼんやりと通りを眺める。

（あー……あかりに触りたい）

彼女と触れ合わなくなって一ヵ月近くが過ぎているが、もうかなりの時間が経ってしまったような気がする。

先ほどの会話で他の男が彼女に興味を持っている事実を知った飴屋は、鬱々としていた。本音を言えば、そんなふうにあかりに興味を持つ相手を牽制《けんせい》してやりたい。健司の言うとおり、飲み会に参加したメンバーが彼女が顔を出した途端にそわそわしていたことに、飴屋は何となく気づいていた。

若い女性のように浮ついたところがなく、物腰が落ち着いていてきれいなあかりは、そこにいればつい目がいってしまう存在なのだろう。

（あかりにとって俺は、もう終わった相手なのかな）

ふいにそんな考えがこみ上げ、飴屋の気持ちはひどく落ち込む。

悶々としているこちらをよそに、彼女はいつも涼しい顔で微笑んでいて、自分への未練は微塵《みじん》も感じられない。当初は「あかりはまだ、自分のことが好きなはずだ」と考えていた飴屋だったが、時間が経つにつれて次第に弱気になってきている。

あかりに対する想いは衰えず、むしろ募る一方だが、ふとした瞬間に関係を修復するのは無理なのかもしれないという考えが浮かんで苦しくなっていた。

最近は仕事で夜更かしをしているにもかかわらず、布団に入ってもなかなか寝つけないのは、そのせいかもしれない。

隣に住んでいて毎日顔を合わせているのに、彼女がひどく遠い。目の前にいながらあかりに触れられないフラストレーションが溜《た》まるうち、待とうという決心が揺らいで、いっそ、本当に諦められたら楽なのかとまで考えてしまう。

（……しんどいな）

〝いいお隣さん〟でいるのが、つらい。

しかしそう思っても、顔を見ればやはり好きな気持ちがこみ上げ、飴屋の思考は毎日同じところをループする。

（まあ、宮下の件を断ってくれたのには、ホッとしたけど）

もしあかりが少しでも彼と仲よくしたいそぶりを見せていたら、自分は一体どうなっていただろう。そう考え、飴屋は苦く笑う。

（やめよう。ネガティブなことばっか考えてても、仕方ない）

ため息をついて立ち上がり、煙草を灰皿代わりの大きな缶に投げ込む。

今日は新作の付け下げの図案を詰め、できれば下絵までいきたいと考えていた。悶々としている時間があるなら、仕事をしたほうが建設的だ――そう思考を前向きに転換し、引き戸をくぐった飴屋は家の中に戻った。

＊＊＊

隣家から自宅に戻ったあかりは、そのまま庭に向かう。

明日は枝葉を捨てる日のため、生い茂った雪柳や萩《はぎ》の枝を剪定《せんてい》しなければと考えていた。

鋏《はさみ》を手に汗ばみながら作業し、三十分ほどして家の中に入ると、ふとカウンターの上に置かれた郵便局からの不在票に気づく。

（あ、そうだ。これ……）

昨日外出していたとき、郵便受けに投函《とうかん》されていたものだ。

実はこれは再配達で、タイミングが悪くて受け取ることができなかった。荷物はこのあと局に保管されることになるため、印鑑と身分証明書を持って引き取りに来るようにと書かれている。

（面倒臭いけど、しょうがないよね。あとで買い物のついでに郵便局に寄ろう）

そう考え、あかりは昼食を終えた昼過ぎに家を出た。

九月に入ったとはいえ、まだ盛夏のようにじりじりとした暑さを感じながら自転車で走り、まずはスーパーへと向かう。

外とは違い、生鮮食品を扱う店内は涼しく快適だ。暑くてあまり料理はしたくないものの、簡単なものばかりでは飽きてしまう。今年は庭でなすやトマト、きゅうりが豊作で、それ以外のものが食べたい。

そう考えながら生鮮コーナーを見ていたあかりは、ふいに鰯《いわし》に目を留めた。

（あ、安い。圧力鍋で梅煮にするといいかも）

新鮮な鰯をカゴに入れ、他に肉と野菜もいくつか購入する。

会計を済ませてエコバッグに食材をしまいながら、ふと郵便局には希代が勤務していることを思い出した。

（やっぱりいるのかな。……いるよね）

彼女に会うのは、先日の飲み会以来だ。

あの日、希代は飴屋に対してかなり積極的で、健司や奈緒から彼女に関する噂《うわさ》を聞いたあかりは複雑な気持ちになった。ほんのわずかなやり取りだけでも、希代が飴屋を恋愛対象として見ているのが如実にわかり、あれからずっとあかりはモヤモヤしている。

（奈緒ちゃんに言ったように、わたしが気にしても仕方がないんだけど。結局は二人の問題だし）

食材が入ったエコバッグを手に、あかりはスーパーの斜め向かいにある郵便局へと向かう。すると窓口には希代が座っていて、こちらを見るなりニッコリと笑いかけてきた。

「こんにちは、あかりさん。珍しいですね」

小さな局内は、閑散としている。

入り口横ではＡＴＭを操作しているサラリーマンがいるが、他に客の姿はなかった。あかりが窓口で不在票を差し出すと、彼女は「ちょっとお待ちくださいね」と言って奥に荷物を探しに行く。

やがて小箱を持ってきた希代が、カウンターの上にそれを置いた。

「お待たせしました。こちらのほうに、ご署名とご印鑑をお願いします。身分を証明できるものを見せていただいてもよろしいですか？」

あかりが免許証を差し出したところ、それを受け取った彼女が内容を確認する。そしてふと気づいた顔で言った。

「あかりさんって、私より十も年上なんですね」

「ええ」

希代が笑い、さらりと言葉を続けた。

「私、十年後の自分なんて想像できないなあ。だってすっごいおばさんですもん」

「――……」

思いがけないことを言われて驚き、あかりは咄嗟《とっさ》に返す言葉を失う。

彼女の今の発言は、十歳年上のこちらを〝すごいおばさん〟だと当て擦っていることになる。そう理解しながら、あかりは何食わぬ顔で免許証を受け取った。

すると希代が、邪気のない笑顔で話を続ける。

「このあいだの悠介くん家の飲み会、かなり盛り上がったんですよ。隣なんだし、あかりさんも来ればよかったのに」

「家で仕事があったから」

「私はずっと悠介くんの隣に座って話してたんですけど、すっごく楽しかったです。彼はそんなにノリがいいわけじゃなくて、どちらかといえば受け答えはぶっきらぼうなんですけど、無視しないでちゃんとお話ししてくれるんですよね。ああいう人って、振り向かせたくなりません？　自分だけを見てくれたらいいのになーって」

あかりは免許証と印鑑をバッグにしまい、顔を上げる。

　こんな当て擦りのような言い方をするということは、おそらく彼女は自分と飴屋の仲を疑っているに違いない。ひょっとしたら飴屋がこちらを〝あかり〟と呼び捨てにするのを聞いて、何かを感じ取ったという可能性もある。

（悠介とわたしは、とっくに終わってるんだけど）

　かといってわざわざ彼女に過去の話だと説明する筋合いもなく、あかりは何も言わずに押し黙った。すると希代が、ニコニコして言葉を続ける。

「私、悠介くんのことをもっといろいろ知りたいんです。彼のおうちに遊びに行ってもいいと思いますか？」

「どうしてそんなことを、わたしに聞くの？」

「あかりさんに、応援してもらいたいなーって思って。私、あんまりこういうことを相談できる人がいないんですよね。歳の近い女の子たちからは、いつも警戒されちゃうので」

〝警戒〟という言葉にどこか自信をにじませる希代を見つめ、あかりは頭の隅で「なるほど」と納得する。

　おそらく奈緒が言っていたとおり、彼女は欲しいものを手に入れるまで決して諦めないタイプなのだろう。好きな相手に対する積極的なアプローチだけではなく、陰で自分の障害になりそうな人間をこうして牽制するから、同性に嫌われているに違いない。

　そう考えつつ、あかりはあえて笑顔で希代に言った。

「いいんじゃない？　応援するから、頑張ってね」

「…………ありがとうございます」

　笑顔で返されたのが意外だったのか、彼女が答えるまでにやや間があった。

　あかりは「じゃあ」と踵《きびす》を返し、郵便局を後にする。外に出た途端にムッとした熱気が押し寄せて、息苦しさを感じた。

（若いっていいな。勢いがあって）

　自転車に鍵を差し込みつつ、ああいうアグレッシブさは自分にはないと考え、苦く笑う。

　好きになったらがむしゃらに相手に突進し、ライバルを牽制する――そんな希代の若さを少しうらやましく思った。

　あれくらい若かったら、自分にも他の選択肢があったのだろうか。今より若ければ余計なことを考えず、〝好き〟という感情だけで飴屋の手を離さずに済んだのか。

　そんな思いが頭をよぎり、あかりはやるせなく目を伏せた。

（馬鹿みたい。今さらこんなことを思ったって、仕方がないのに）

　最近はこんなふうに、考えても仕方のないことばかり考えているような気がする。

　まるで出口のない迷路のようで、同じところばかりをグルグル回り、結局少しも前に進んでいないのがひどく滑稽だ。

　自転車を漕《こ》ぎながら、あかりは強い日差しに目を細める。降り注ぐ陽光は辺りを色鮮やかに浮かび上がらせ、畑の緑と向日葵《ひまわり》の黄色、真っ青な空のコントラストを眩《まぶ》しく感じた。

いつまでも暑いのにうんざりし、「早く夏が終わらないかな」と考える。今年は早い時期から気温が高い状態が続いているため、涼しい秋が待ち遠しい。

ムッとした熱を孕《はら》んだ風が、田んぼを渡って吹き抜けていく。あかりはため息を押し殺し、ペダルを踏む足に力を込めた。

いくら残暑が厳しくても夜明けは少しずつ遅くなっていて、この時季に空が白んでくるのは朝五時前後だ。

今日もあかりは夜明けと共にベッドを抜け出し、カーテンを開けてため息をついた。このところ、よく眠れない日々が続いている。夜にベッドに入っても寝つけず、うとうとしては夢を見て目が覚めて、夜が明けるまでをひどく長く感じ、空が白みかけるのを見てようやく安堵《あんど》する。

頭の芯が鈍く痛むのはあまりよくない兆候だと思いつつ、気分を変えるためにシャワーを浴びた。食欲がなく、朝食は作らずにアイスティーだけを飲み、掃除をしたあとはパソコンの電源を入れて為替の値動きをぼんやり眺める。

しかしマーケットは凪《な》いでいて、まったく面白味がない。仕事をする気力が湧かず、あかりは結局すぐにパソコンの電源を落とした。

庭に水を遣るために外に出ると、晴れ渡った空からは眩しい朝日が降り注いでいる。今日の予想最高気温は三十一度となっており、まだまだ夏の天気だ。

午前十時に買い物に出たあかりは、その帰り道で軽トラックに乗った健司の父親に会って声をかけられた。

「よう、今日も暑いな。元気かい」

「ご無沙汰してます。本当に暑いですね」

「うちに梨がいっぱいあるから、寄って持っていきな」

健司の父親に言われるがまま、あかりは帰る途中に高畠家に立ち寄る。

すると玄関で出迎えた奈緒はあかりを歓迎し、袋にいっぱいの梨を持たせてくれた。

「すごい、こんなにもらっていいの?」

「うん。この時季は親戚が、山ほど梨を送ってくれるんだ。食べきれないから、気にしないで持ってってって」

十個ほど大きな梨を持たされたあかりは、「飴屋さんにもあげてね」という言葉に頷《うなず》いて帰路につく。

(暑……)

しばらく前から、頭の芯がズキズキと痛み始めていた。

自転車を漕ぐあかりは、ふと身体が熱いのは気温のせいだけではないことに気づく。このところの寝不足が祟《たた》ったのか、どうやら本格的に体調を崩してしまったらしい。

かなりの熱っぽさを感じつつペダルを漕ぎ、いつもより時間をかけてようやく自宅に辿《たど》り着いた。

（そうだ。悠介に梨、届けなきゃ……）

自分の分を半分取り分けたあと、あかりは袋を持って掃きだし窓から外に出た。

隣家の敷地に入ると、家の前に一台の見慣れない自転車が停まっている。先ほど通ったときにはまったく気づかなかったが、誰かが訪ねて来ていることにあかりは驚いた。

（お客さんなんて珍しい。しかも自転車ってことは、近所の人？）

考えても思い当たる人物はおらず、内心首を傾げる。

邪魔してはいけない雰囲気なら、声をかけずに出直そう——そう思い、あかりが開け放された玄関に近づくと、聞こえてきたのは飴屋の声と女性の笑い声だった。

「——んな暇ないって」

「えー、いいでしょ。私、お休み合わせるし、ねっ？」

そっと中を覗《のぞ》き込んだあかりは、思いがけない光景に息をのむ。

作業場にしている住居部分で、飴屋が机に向かって下絵を生地に写していた。その横にぴったりと寄り添って足を崩して座っているのは、希代だ。

フェミニンな白いワンピース姿の彼女は、飴屋の手元を覗き込みながら何やら楽しげに話していて、こちらの視線に気づいたようにふと顔を上げた。

それと同時に飴屋も顔を上げ、戸口にいるあかりに気づいて声を上げる。

「——あ」

「あー、こんにちは、あかりさん。先日はありがとうございました」

希代がニッコリ笑い、何か言いかけた飴屋に被せるように挨拶してくる。

〝先日〟というが、郵便局であかりと会ったのはつい昨日の話だ。彼女の行動の早さに驚きつつ、あかりは動揺を押し隠して「こんにちは」と返事をする。

そして何食わぬ顔で飴屋に視線を向けて言った。

「健司くん家から、梨を貰《もら》ったの。飴屋さんにもどうぞって」

「ああ、ありがとう」

努めていつもどおりに振る舞いながら、あかりは頭の隅で「最悪なタイミングで来てしまった」と考えていた。

ここに来ているのが希代だと知っていたら、のこのこ顔を出しはしなかった。普段は飴屋の家にほとんど来客がないせいもあり、自転車を見てもピンとこなかった自分が腹立たしい。

だが希代のほうからしてみれば、彼と一緒にいる自分をこちらに見せつけることができて満足なのかもしれない。そう思い、あかりは苦い気持ちを嚙《か》みしめる。

（隣って、こういうところが嫌だな。距離が近すぎて、見なくてもいい部分まで見えちゃう）

あかりは梨が入った袋を縁台に置き、ぎこちなくならないよう精一杯普通の顔で飴屋に問いかけた。

「それって、新しい作品の下絵？」

「うん。これは付け下げ」

「そうなんだ」

彼に「頑張ってね」と声をかけたあと、あかりは希代に笑いかける。

「希代ちゃんも、ごゆっくり」

「ありがとうございます。あかりさん、また今度お話ししましょうね」

飴屋の家を出ると、背後からは「えー、やだあ」という高い声と、彼女のクスクス笑いが響いていた。

それを聞きながらあかりは自宅の庭に回り、掃きだし窓から家に上がると、薬箱から解熱剤を取り出す。そして水道のぬるい水で飲み下し、ため息をついた。

先ほど見た二人の姿が脳裏をちらついているものの、頭痛と熱による身体の怠さで起きていられなかった。

（……これは、結構やばいかも）

ここまで熱が出るのは、何年ぶりだろう。

そう思いながらソファに倒れ込むように横になり、あかりは目を閉じる。氷枕が欲しいと考えたが、もう起き上がって用意するのが億劫《おっくう》だった。

かろうじてリモコンで扇風機のスイッチを入れ、自分の身体に向けたのは覚えている。

しばらくして人の気配で目が覚めたとき、あかりは自分が眠っていたことに気づいた。緩慢なしぐさで視線を向けると、掃きだし窓から入ってきた飴屋がこちらを見ている。

（ああ、トイレか……）

眠っていたのは、おそらく三十分くらいだろうか。

先ほど薬を飲んだはずなのに、身体の熱っぽさが増していた。気怠さを感じ、あかりは再び目を閉じる。すると素通りすると思った彼が、声をかけてきた。

「珍しいな。寝てたのか？」

「うん」

身体を起こすのがつらく、あかりが目を閉じたまま返事をすると、飴屋が言葉を続けた。

「――さっきのことだけど」

「何……？」

「彼女。俺が呼んだわけじゃない」

「そう」

額に腕を乗せ、目を閉じたまま答えたあかりは、「言い訳なんてしなくていいのに」と頭の隅でぼんやりと考えていた。

誰かと過ごすのも、誰かを自宅に招くのも、どちらも彼の自由だ。ただの隣人である自分に、わざわざ説明する必要などない。

それきり黙ったあかりに、ふと飴屋が言った。

「もしかして、疲れてる？」

「……うん。少し」

「ちょっとごめん」

大股で近寄ってきた彼に突然腕をどけられ、問答無用で額に触れられる。あかりは驚いて目を開けた。

「何……」

「熱が高いな。いつから？」

問いかけられ、動揺しながら答える。

「何でもないから、気にしないで。寝てたら治るし」

「そういうレベルの熱さじゃない。体温計は？」

切り込むような口調で言われて逆らえず、あかりは壁際の棚に視線を向けて「あっち」と答える。

体温を計ってみると熱は三十九度五分あり、「どうりで具合が悪いはずだ」とぼんやり考えた。平熱がいつも三十五度台と低いため、普通の人の基準でいくと四十度くらいは出ているのかもしれない。

それからの飴屋の行動は、早かった。スマートフォンを取り出して電話番号を調べ、以前自分もかかった診療所に往診を頼む。しばらくしてやって来た医者に診察を受けたあかりは、結局〝過労〟と言われて点滴を受けた。

一時間ほどで点滴を終え、医者と看護師が帰っていく。熱はすぐには下がらず、あかりは怠い身体を持て余したまま、ソファに横になってしばらく眠った。

途中、飴屋が外に出て行く気配がして、帰ったのだとわかる。往診を頼んでくれたお礼を言っていないのを思い出したが、今すぐに起き上がるのは無理だ。

外はもう日が暮れかけていて、浅い眠りを行ったり来たりしていたあかりは、うっすら目を開けて「掃きだし窓を閉めなければ」と考えた。しかし身体が動かず、また眠りに落ちるというのを何度か繰り返す。

（ああ……起きなくちゃいけないのに）

いつしか深く眠り込んでおり、ふいに身体が揺れるような感覚で目が覚めた。

頰に触れるTシャツの感触にハッとした瞬間、あかりは自分が飴屋に抱えられて寝室に運ばれているのに気づく。

「ちょっ、何……」

自宅に戻ったのかと思いきや、彼は再び戻ってきたらしい。

あかりを抱えた飴屋は無言で薄暗い廊下を進み、奥の寝室のドアを躊躇《ためら》いなく開ける。

まさか抱きかかえて運ばれるとは思わず、あかりはひどく動揺していた。抵抗する間もなく身体をベッドに下ろされ、所在なく脚を動かす。

そしてリモコンでクーラーの電源を入れている彼を見上げ、小さく言った。

「あの……迷惑かけて、ごめんなさい。わざわざ戻ってきてくれたみたいだけど、もう帰っていいから」

「スポーツドリンク買ってきたけど、飲む？」

「ううん、いらない。あの……」

「汗がひどいから、着替えたほうがいいな」

飴屋がベッドの縁に座り、当たり前のようにワンピースのボタンに手を伸ばしてくる。

あかりはドキリとしてそれを振り払った。

「……っ、やめて」

確かに熱による寝汗がひどく、首周りもベタベタとした不快さを感じる。

だが服を脱がされるのも、身体に触れられるのも、今の自分たちの関係では不適切だ。そ
少し動くだけでクラリとした眩暈《めまい》を感じつつ、あかりは緩慢なしぐさで身体を起こす。そして胸元をかき合わせてつぶやいた。

「普通の〝お隣さん〟は……ここまでしないでしょ」

絞り出した声は、少しかすれていた。

彼は一体どういうつもりで、こんなことをするのだろう。あかりが定まらない思考でそう考えていると、彼が言った。

「そうかな」

「そうだよ」

ドクドクと鳴る心臓の音を意識し、あかりはそのまま押し黙る。そんなこちらの表情をしばらく見つめた飴屋が、やがて小さく笑って立ち上がった。

「わかった、なら着替えはしなくていい。冷却シートを持ってくる」

その後、あかりは飴屋が持ってきた冷たいタオルで首筋の汗を拭われ、額に冷却シートを貼られた。

続いて「水分を摂ったほうがいい」と言われ、ペットボトルの水を少し飲む。ベッドに横たわった途端に再び眠気が襲ってきたのは、きっと高い熱のせいに違いない。

（……悠介に、「もう帰って」って言わないと……）

彼に伝えなければと思うのに、起きていられない。

目を閉じたあかりは、そのまま泥のように深い眠りに落ちていた。

＊　＊　＊

手渡した冷たいタオルで汗を拭い、額に冷却シートを貼ってベッドに横になった途端、あかりは深く眠ってしまった。

熱が高いため、おそらく身体がつらくて起きていられないのだろう。そう考え、飴屋は彼女の寝顔をじっと見下ろす。

（ここまでしんどくなる前に、俺に頼ればよかったのに。何で言わないんだ）

夕方にあかりの家を訪れた際、ソファに横になっている姿を見たときは、てっきり昼寝をしているのかと思った。しかし様子がひどく気怠げで、横たわったまま動こうとしない彼女を見た飴屋は、ふと違和感をおぼえた。

無理やり触れた額は熱く、案の定あかりは高い熱があった。往診に来た医者は過労と診断し、一時間ほど点滴をしたものの、熱は依然として下がっていない。

（体調を崩すほどあかりが疲れていることに、俺は全然気づかなかった。……隣人失格だ）

本当は夕方、飴屋は彼女に言い訳をするためにこの家までやって来た。話したかった内容は、もちろん井上希代のことだ。

今日の午後、アポなしで飴屋の自宅を訪ねてきた彼女は、「遊びに来ちゃった」と言ってあっけらかんと笑った。驚いた飴屋は仕事を理由に帰ってもらおうとしたものの、希代は頬を膨らませて言った。

『ひどーい。せっかくメールしたのに、こっちのアドレスを着信拒否したのは悠介くんでしょ』

実は先日の飲み会の折、飴屋は希代にメールアドレスを知られてしまっていた。

決して自分から彼女に教えたのではなく、たまたまスマートフォンをいじっていたところ、希代が「それ、わたしと同じ機種」と言って、ひょいと飴屋の手から取り上げた。

それから目にも止まらぬ速さでメール画面を開いた彼女は、飴屋のスマートフォンから自分に空メールを送り、「ふふっ、悠介くんのメアドゲットしちゃった」と言って笑った。

あの日、希代は飲み会のあいだ中、片時も離れずに飴屋の隣にぴったりと寄り添っていた。そうすることで、彼女はこちらがスマートフォンのロックを解除するタイミングを虎視眈々と狙っていたに違いない。帰り際、健司とあかりの前で聞こえよがしにその話題を出したのも、おそらくは計算ずくだったのだろう。

希代が帰宅した直後に早速メールが届いたものの、飴屋はすぐさまそれを着信拒否した。そうすることではっきり拒絶の意思を示したつもりでいたのに、彼女にはまったく伝わっていなかったようだ。

突然やってきた希代はフェミニンなワンピース姿で、強引に飴屋の自宅に上がり込むとしつこく纏《まと》わりついてきた。忙しさをアピールして追い返そうと考え、飴屋が目の前で仕事を始めても彼女は気にせず、「わあ、本当に職人さんっぽい、すごーい」という能天気な言葉から始まって、料理が得意なこと、いかに子どもが好きかという自分語りを延々と続けた。

『ね、今度一緒に遊びに行かない？　悠介くんの車でドライブとか行きたいなー、休みはわたしのほうで合わせるから』

あからさまな希代の誘いに、飴屋は「そんな暇はない」とすげなく断った。

その後も彼女は下絵を写している飴屋の手に不用意に触れてきたり、仕事道具を勝手に弄ったり、挙げ句の果てに「悠介くんのお部屋が見てみたい」と言って二階に上がろうとしたりとやりたい放題だった。

無邪気を装ったその振る舞いについに堪忍袋の緒が切れ、飴屋は希代に向かって言った。

『帰れ。二度とここには来るな』

どうにか彼女を追い出したときは、どっと疲れていた。自転車に乗った希代の姿が見えなくなったのを確認してからあかりの家にやってきたものの、飴屋の心中は複雑だった。

希代と一緒にいる自分の姿を見て、あかりは一体どう思っただろう。それでなくとも飲み会の日に彼女といるところを見られていて、おまけにアドレスも交換したと思われているはずだ。

極めつきが今日のでき事で、ひょっとしたらあかりには自分たちがひどく親密に見えているかもしれない。

(俺が好きなのは、あかりだけだ。他の誰かとつきあうなんて、まったく考えられないのに)

だが彼女の発熱のせいで何も話せず、今に至っている。

ベッドに横たわったあかりを、飴屋はじっと見下ろした。こうして弱った姿を見ると、やはり隣に住んでいてよかったのだと感じる。もし彼女と物理的な距離があったら、具合を悪くしているのにも気づけなかっただろう。日頃から人に頼ろうとしないあかりは、たとえ動けないほど具合が悪くなっても、誰かに助けを求めようとはしなかったかもしれない。

(……そこまで突っ張らなくていいのにな)

飴屋は腕を伸ばし、乱れた彼女の髪をそっと撫《な》でる。

たとえこんな形でも久しぶりにあかりに触れることができて、飴屋はうれしかった。かといって服を着替えさせようとしたのは、やはりやりすぎだったかもしれない。

「普通の〝お隣さん〟は、ここまでしない」と言って、彼女は身体に触れるのを拒絶した。

あのときの頑なな表情を思い出し、飴屋は胸にシクリとした痛みをおぼえる。

(あかりの中では、俺はもうとっくに〝過去の男〟なのかな)

確かめたい。でもそれが真実だったらと思うと、確かめるのが怖い。

そんなふうに葛藤する飴屋の目の前で、あかりがかすかに顔を歪《ゆが》め、身じろぎした。

「……っ……」

どこか苦しそうなその表情は、まるで悪夢にうなされているかのようだ。

起こしたほうがいいのかと考え、飴屋が声をかけようとした瞬間、彼女が小さく何かをつぶやいた。

「――で……」

(……何だ?)

よく聞こえず、飴屋はあかりをじっと凝視する。

彼女の閉じた瞼《まぶた》からふいに涙が零れ、驚いたのも束の間、ごくかすかなつぶやきが飴屋の耳に届いた。

「……か、ないで……悠介」

＊　＊　＊

自分が眠ってから、一体どれくらいの時間が経ったのかわからない。

熱のせいか悪夢ばかりを見ていたあかりは、ぼんやりと目を覚ました。泥のような眠りから浮上して何気なく横を見ると、ベッドにもたれて床に座っている飴屋がいる。

彼がスケッチブックを手に図案を描いているのがわかり、あかりは目を瞠《みは》った。

(どうして……)

自分が眠っていたあいだ、飴屋はずっとここにいたのだろうか。

ベッドサイドの時計を見ると、時刻は既に深夜一時を過ぎている。それほどまでに時間が経過していたことに驚き、今まで付き添っていてくれた彼に申し訳なさがこみ上げた。

それと同時に、手を伸ばせば触れられるところに飴屋がいる事実に、あかりは言葉にできないほどの安堵をおぼえる。夢には笹井が出てきたり、それが他の人に変わったりと、ひどく混沌《こんとん》としていた。希代と飴屋が仲睦まじくしている光景も繰り返し出てきて、眠っていたはずなのに精神的に消耗している。

知らないうちににじんでいた涙がポロリと枕に落ちて、あかりは重く感じる手を上げてそれを拭った。すると身じろぎする気配に気づいた飴屋が、振り向いて声をかけてくる。

「起きたのか？」

彼は腕を伸ばしてあかりの額に触れ、「熱、まだ高いな」とつぶやく。

水分を摂るように勧められたあかりは、起き上がって差し出されたスポーツドリンクを飲んだ。そして熱で干からびた額の冷却シートを剝がされ、新しいものを貼られる。

あかりは小さな声で言った。

「すっかり迷惑かけて……ごめんなさい。もう遅いから、自分の家に帰って」

「熱が下がるまでいるよ」

あかりの身体にタオルケットを掛けようとしながら、飴屋が「寒いか」と聞いてくる。首を振り、あかりが中途半端な姿勢で「もう本当に大丈夫」と答えた途端、頭をやんわり枕に押しつけられた。

「……っ……」

大きな手のひらの感触にドキリとし、あかりは息をのむ。

こちらの頭を押さえたまましばらく無言だった彼が、やがて低く問いかけてきた。

「――もしかして、怖い夢でも見た?」

「……っ」

どうしてそれが、わかったのだろう。

そう思ったものの、あかりは咄嗟に首を横に振って誤魔化した。飴屋はベッドの縁に座り、こちらの頭の上に置いた手をどけようとはしない。

いつまでも離れない手のひらの感触とぬくもりを感じているうち、あかりの胸がじわじわと苦しくなった。

(……何でこんなに優しくするの。わたしたちはもう、つきあってないはずなのに)

ただの〝隣人〟なら、きっとこんなふうに触れたりしない。

そう思うと、押し込めようとしていた気持ちが今にも溢れ出しそうになり、あかりはそれをぐっとこらえながら短く告げた。

「……やめて」

こんなふうに触れるのは、ルール違反だ。

そう言外に告げた途端、まるで飴屋にひどいことを言っているような罪悪感であかりの胸がズキリと痛む。ここまで迷惑をかけているのに、こんなふうにしか言えない自分に忸《じく》怩《じ》たる思いがこみ上げるものの、どうしようもなかった。

彼は頑なな表情のあかりを、しばらくじっと見下ろしていた。長い沈黙にいたたまれなさをおぼえ、飴屋の手を振り払うべく身じろぎをした瞬間、彼が言う。

「――今だけだ」

思いがけない言葉にあかりは目を見開き、動きを止める。

〝今だけ〟とは、一体どういう意味だろう。もしかすると、飴屋は「今だけは、ただの隣人ではない」と言いたいのか。

そんな想像をし、あかりはドクドクと鳴る胸の鼓動を意識しながらそっと彼の様子を窺う。するとこちらを見下ろす飴屋と、正面から目が合った。

「……っ」

彼の瞳は雄弁で、以前と変わらない色を浮かべていた。

愛情と熱を孕んだその眼差しはあかりの胸を震わせ、目にじわりと涙がにじむ。すると飴屋は、それを見ないふりをして視線をそらした。

(……どうして……)

それまで張っていた意地のようなものを、たった一言で突き崩された気がした。

頭の上にあった彼の手をつかんだあかりは、無言でそれを自身の顔に強く押しつける。触れているのは手だけのはずなのに、喉元まで重くせり上がる気持ちを抑えることができなかった。

この手がどんなふうに自分に触れたのか、記憶はまだ鮮やかに残っていて、ぬくもりが変わっていない事実にこんなにも安堵する。

(好き……)

今だけは許される——そう考えると、この瞬間が何より得がたいものに感じた。

こうして縋《すが》りつくのも、涙が零れるのも、熱を出しているからだ。熱が下がれば、明日からはまた自分たちは〝ただの隣人〟に戻る。

それきり飴屋は、何も言わなかった。あかりが彼の手をつかんだまま眠ってしまっても、気配はしばらくそこにあったように思う。

明け方、頭にそっとキスを落とされたような気がしたが、それは都合のいい願望なのだろう。

翌朝熱が下がったあかりが目を覚ましたとき、飴屋の姿はもう部屋の中にはなかった。

第三章

気がつけば九月に入って一週間となるが、今年は残暑が厳しく、連日気温が三十度を超えている。

朝の時間帯、あかりはリビングに屈み込み、雑巾を手にせっせと床掃除に励んでいた。日中は窓を開け放していることが多いため、リビングの床はこまめに拭き掃除するようにしている。

きれいに見えても塵《ちり》で多少のざらつきがあり、雑巾が黒くなるのを見ると俄然《がぜん》やる気が出た。ピカピカに拭き上げ、ついでに他のところも掃除して雑巾とバケツを片づけたあかりは、ゴロリと床に寝そべった。

（はあ、気持ちいい……）

床で身体を伸ばすのはひんやりしていて心地よく、そのまま寝転がって庭を眺めた。

庭では現在、秋の花が咲き始めている。青いリンドウ、淡い紫のホトトギス、吾亦紅《ワレモコウ》などは佇《たたず》まいにしっとりした趣があり、半日陰の中で映えていた。

花の匂いに誘われてやって来たモンシロチョウが、ひらひらと庭を飛んでいる。それを目で追いながら、あかりは物思いに沈んだ。

熱を出して飴屋に一晩中看病されたのは、二日前の話だ。翌朝には熱はすっかり下がり、今はもう回復している。医者の言うとおり、睡眠不足からくる過労だったのだろう。

あかりが寝込んでいるあいだ、彼はコンビニでいろいろ買い込んできたらしく、台所には冷却シートやスポーツドリンクの他、ゼリー飲料やレトルトのおかゆなどがたくさんあった。

あの夜を思い出すたび、あかりの心は強く締めつけられる。「今だけだ」と言って、〝隣人〟の枠を越えた飴屋に頭を撫《な》でられた――たったそれだけのでき事を何度も何度も思い出し、気がつけばぼんやりしていることが多かった。

実がうっすらと色づき始めた紫式部を見つめ、「あんなふうに触られるのは、きっともうないんだろうな」とあかりは考える。

(だから、もう本当に……諦めなきゃ)

どれだけ彼に想いを募らせても、触れ合うことはもうない。

しかしそう思えば思うほど、彼の手の感触と体温がよみがえり、胸が苦しくなる。こんなふうに人を好きになるなど、思いもしなかった。笹井のときは何年も想い続け、体当たりしてようやく手に入れた、がむしゃらな恋だった。

だが飴屋の場合は、違う。隣人という立場からスルリと心の中に入り込み、いつのまにか好きになっていて、そのくせ一度触れたら歯止めが利かなくなるような、そんな恋だった。

彼との情事を思い返すと、真っ先に隣家の古い畳の臭いがよみがえる。ムッとこもった熱気、窓から差し込むジリジリとした日差し、湿度――息苦しいまでの夏の暑さが、そのまま記憶となってあかりの中にあった。

連日の残暑が落ち着いて秋が訪れたら、そんな記憶も薄れるのだろうか。季節が過ぎてやがて冬になれば、飴屋と過ごした時間を〝過去〟としてすっぱり割りきれるようになるだろうか。

（……早くそうなればいいな）

いつか彼の顔を見ても、何も感じなくなればいい。

そして飴屋が誰かとつきあうことになっても、笑って祝福できるようになりたい――あかりは心からそう思った。

外は次第に、日差しが強くなってきている。今日も暑くなるのだろうと思いながら、あかりはしばらくそのまま床に転がって庭を眺めた。

つい最近まであれほどうるさかった蟬《せみ》の声は、もうだいぶ小さくなっていた。

「――秋祭り？」

買い物に行くために外に出た途端、農協帰りにいつものように一服しに来ていた健司に手招きされ、自転車のまま飴屋の家の敷地に乗り入れたあかりは驚いて眉を上げた。

「そう、神社主催のやつ。今あちこちに貼り紙してあるだろ」

確かに一週間ほど前から、集落のあちこちにポスターが貼られている。

八月の半ばに盆踊りが開催されたばかりだが、今回は神社のお祭りらしい。境内には多くの店が並ぶが、それに乗じた商店街もスーパー前のメインストリートを封鎖し、さまざまな飲食ブースを出すのだという。

「俺も手伝いでいるからさ、来たら何か奢《おご》ってやるよ」

「商店街のスペースなのに、健司くんが手伝うの？」

「町内会が、出店のでかいテント出すんだ。うちの親父、昔から町内会で幅利かせてるからさ、その繋がりで俺もいろいろやらされるんだよ。役員でもないのに」

「ふうん」

あかりがどうしようか考えていると、ベンチで煙草を咥えていた飴屋が言う。

「俺は明日出掛ける予定があるから、行くのは無理だな」

「へー、どこ行くの？」

「実家近くの、湯のしの加工所。そこしかないから、遠くても行くしかなくて」

受注した小袱紗《こふくさ》が急ぎの品だったため、彼は急ピッチで作業を進めていたらしい。

加工所は郵送でも受けつけているというが、納期が迫っている都合上、自分で持ち込むつもりだという。

（だから最近、夜にいつまでも電気が点いてたんだ）

あかりが夜に寝る前に窓越しに隣家の様子を窺《うかが》うと、必ず窓越しにぼんやり電気が点いていたため、ずいぶんと夜更かしなのだと考えていた。

疑問が解消されて納得しながら、あかりはチラリと飴屋を見やる。そんな忙しい最中に自分の看病などをさせてしまい、申し訳ない気持ちがこみ上げていた。

そんなこちらをよそに、健司があからさまにがっかりした顔で言う。

「何だ、残念だな。あかりさんは？」

「考えとく」

「俺はたぶん、焼きそばか焼き鳥のとこにいるからさ。奈緒はチョコバナナのところを少し手伝うとか言ってたな」

「奈緒ちゃん、体調大丈夫なの？」

「うん。悪阻はもうほとんど治まったって」

話しながら、あかりは明日の祭りに飴屋がいないと聞き、どこかホッとしていた。

もし彼がいつもどおり家にいたなら、こんな機会には絶対に希代が誘いに来たに違いない。二人の間にどんなやり取りがあって、今どういうふうに進展しているのかはわからないが、なるべくなら一緒のところを見たくないと思う。

（……わたし、全然駄目だ）

ついさっき早く平気にならなければと考えたばかりなのに、まったく思いきれていない自分に、あかりはため息を押し殺す。

二人との話を切り上げ、あかりは買い物に行くべく自転車を走らせた。緩やかな下り坂で、自転車は加速しながら軽快に進む。空は青く澄み渡り、遠く防風林と農家の屋根の向こうに真っ白な雲が見えた。

スーパーの近くまで来ると、通りの店先やあちこちの電柱に祭り開催のポスターが貼られている。開催時間は明日の正午からとなっていて、神社の神輿《みこし》行列が練り歩いたあと、さまざまな飲食ブースがオープンし、ビンゴ大会やカラオケ大会、ビールの早飲み競争などもあるらしい。

ふと視線を上げると郵便局が目に入り、希代の顔がちらついてモヤモヤした。あかりは建物から視線をそらし、努めて平静を装いながら、自転車をスーパーの駐車場に停めて鍵を引き抜いた。

＊＊＊

今年は早い時期から猛暑の天候が続き、お盆を過ぎたあとも一向に暑さが衰えない。蟬はだいたい九月頃まで鳴くというが、確かに最近は八月に比べてだいぶ小さくなってきていた。

土曜日の朝、飴屋は自宅で出掛けるための荷物をまとめていた。

（昼前に向こうに着いて加工所に荷物預けたら、刷毛を見に行こうかな。他に消耗した仕事道具がないか、出掛ける前にチェックしておかないと）

土間の台所には、仕事に使う筆や染料を入れる小皿などが乱雑に置かれている。水に浸かっている五寸刷毛を手に取って確かめたところ、だいぶ毛先が傷んでいた。他の材料の残量を確認した飴屋は、足りないものをスマートフォンにメモする。

そして外に出て玄関の鍵をかけ、車に乗り込もうとしたとき、ふと隣のあかりの家が目に入った。彼女が突然熱を出し、飴屋がそれを介抱してから、既に三日が経っている。あの夜のことを思い出すたび、飴屋は複雑な思いにかられていた。

あかりと別れてから一ヵ月、彼女への想いを消せない飴屋は次第に自信を失くしかけていた。当初はいつかあかりの気持ちが軟化し、再び恋人の関係に戻れる――そんな希望を抱いていたものの、予想と反して彼女はまったくこちらに未練を見せなかった。

そうするうち、飴屋は「あかりにとって、自分は本当に過去の男なのか」と考えるようになり、具合が悪いときですら頑なな拒絶を示されて、心が半ば挫けかけていた。

（でも……）

高熱でうなされていた彼女は、寝言で「悠介」と呼んだ。か細い声が続けて「行かないで」とつぶやいたとき、飴屋は驚きに目を瞠《みは》った。

その瞬間、心に浮かんだのは、あかりに対するいとおしさと深い安堵《あんど》だった。おそらく彼女は高い熱のせいで、悪夢を見ていただけなのだろう。そんな状況で名前を呼んでくれたことが、飴屋はうれしかった。

あかりの中には、まだ自分への気持ちが残っている。そう思うとすぐにでも抱きしめたい気持ちがこみ上げたものの、今はそのときではないと思い、ぐっと衝動を抑えた。

その後、深夜に目を覚ました彼女は頑なな表情で「もう帰ってくれ」と言ったが、飴屋は平気だった。「今だけだ」と言ってあかりの頭を撫でたのは、〝今だけは、恋人同士だったときのように甘えてくれて構わない〟という意図があったからだ。

彼女が現時点で自分への気持ちを態度に出すつもりがないのなら、それを汲《く》んでやって構わない。ましてや具合が悪いのだから、うんと優しくしてやりたい気持ちが飴屋の中にはあった。

すると驚いた顔で息をのんだあかりは、それまで必死に張り詰めていたものが崩れたかのように涙を零した。自分の手を引き寄せたしぐさには、彼女が滅多に見せない弱さが垣間見え、飴屋はますます庇護欲《ひごよく》を煽《あお》られた。

あかりの中の意地も頑なさも、飴屋にとっては厄介なものでしかない。しかし彼女がどうしてもそれを捨てられないというのなら、それも仕方がないと思っていた。あかりの気持ちが自分に向いている事実さえあれば、いくらだって待てる。いずれ元の関係に戻れるという希望を抱き続けられる——飴屋はそう考えていた。

もちろんそのためには、彼女が安心して寄りかかれるような度量の大きさを身につけるのが大前提だ。

（早く俺の手の中に、転がり落ちてくればいいのにな）

正直に言えば、待つのにも忍耐がいる。

触れたい気持ちを抑えるのは、毎日顔を合わせている距離感を考えるとなかなかしんどいものだ。

（まあ、仕方ないか。……そんな女に惚《ほ》れちゃったんだし）

車に乗り込み、エンジンをかけて発進させる。

集落の中心部に差し掛かったところ、メインストリートは今日の祭りの準備のために封鎖されていた。張られたテントの数からすると、祭りはかなりの規模らしい。それを見た飴屋は、参加できないのを残念に思った。

早めに帰ってこられたら、少しは顔を出せるだろうか。そのときは駄目元で、あかりを誘ってみてもいいかもしれない――そう考え、かすかに微笑んだ飴屋は、迂回路《うかいろ》に入るためにウィンカーを出して緩やかに車を右折させた。

＊＊＊

今日は朝から快晴で、昼に祭りの開催を告げる花火が鳴るのが聞こえた。ムッとした暑さの中、あかりは自転車で午後三時過ぎに祭り会場を訪れる。

（わ、すごい……）

見慣れたメインストリートは封鎖され、いつもと様変わりしている。

こぢんまりとした雰囲気を想像していたあかりは、想像以上の規模に驚いてしまった。去年は顔を出さなかったものの、おそらく鄙《ひな》びた集落であるこの辺りのビッグイベントなのだろう。

メインは夜だというが、会場には既に多くの家族連れや学生が訪れ、にぎわいを見せていた。

「あかりちゃん！」

ふいに名前を呼ばれ、後ろから脚に抱きつかれたあかりは、びっくりして振り返る。すると双子の五歳児がしがみつき、笑顔であかりを見上げていた。

「大ちゃん、晃ちゃん、来てたんだ」

「祖母ちゃんと来たよ！」

「父ちゃん、あっちにいるから！」

亜子を連れた健司の母親を少し離れたところに見つけ、彼女と挨拶を交わしたあかりは、双子に引っ張られて町内会のテントまでやってくる。

町内会のブースは、味噌《みそ》おでんや焼き鳥、カレーやうどんなど、意外にも多彩なメニューを出していた。そこでは健司が首にタオルを掛け、鉄板の前で焼きそばを作っている。

「健司くん、こんにちは」

「おお」

天幕の中には顔見知りの人が多く、あかりは頭を下げて挨拶する。

店先に出ている者たちはそれぞれ忙しそうに仕事に励んでいるものの、中のテーブルでは健司の父親を筆頭にもうでき上がっている男性たちがいて、大声で談笑していた。

彼らのテーブルに置かれた一升瓶や大量のビールを見て、あかりは笑う。

「お父さんたち、盛り上がってるね」

「親父どもは午前中から飲んでるからな。毎年のことだけど、あいつらまったく仕事しねえ」

そう言って健司が、焼きそばを一パックあかりに差し出してくる。

「これ、持ってっていいよ。あ、あとチケットもやる。ほら」

会場内で使えるドリンクや焼き鳥、かき氷などのチケットを差し出されて、あかりは慌てて首を振った。

「いいよ。ちゃんとお金を払って買うから、この焼きそばも」

「気にすんな、チケットならいっぱいあるんだよ。お前ら、母ちゃんがチョコバナナのとこにいるから、あかりちゃん連れてってやって」

「はーい」

「父ちゃん、かき氷食べていい？」

「腹壊すから、ほどほどにしとけよ」

健司からもらったチケットで双子にかき氷を買ってやりながら、あかりはチョコバナナのブースに向かった。すると店先にいた奈緒が、笑顔で声をかけてくる。

「あかりちゃん、来てくれたんだ」

「うん。具合は平気？」

「大丈夫だよ。あ、チケットあげるから、何か買ってきたら？」

「今、健司くんにいっぱいもらったから、気にしないで」

夫婦揃《そろ》ってチケットの束を押しつけようとするのをおかしく思いながら、あかりは笑ってそう答える。二人とも父親が町内会の役職者のため、余るほど持っているらしい。

奈緒は妊婦ということもあって少し手伝いに入っただけらしく、「すぐに抜けられるから、テントの中で話そう」と誘ってきた。双子にチケットを渡し、いろいろ交換してくるのを命じた彼女が、テーブルに座ってふうと息をつく。

「今日も暑いねー。ここはまだいいけど、焼きそばとか焼き鳥のところは超やばいよ。うどんを茹《ゆ》でる鍋とかもあるし、灼熱《しゃくねつ》地獄」

「うん。健司くん、すごく頑張ってた」

「健司は毎年あのポジションなんだよ。おっさんたちが全然働かないからさ」

双子が危なっかしい手つきで、焼き鳥や飲み物を持ってくる。

それらをテーブルに置いたあと、かき氷を持ったままどこかに行こうとする彼らの首根っこをつかみ、奈緒が「食べてから！」と叱って椅子に座らせた。そしてあかりに視線を向け、問いかけてくる。

「今日は、飴屋さんは?」

「朝から仕事で出掛けてる。実家のほうまで行かなきゃいけないから、お祭りには来れないって」

「へえ、そうなんだ」

彼女はまだ一度も飴屋に会ったことがないらしく、「残念だわ」と言った。

祭りの客はどんどん増えて、浴衣姿の女子中高生が目立つようになっていた。食べ終えた焼き鳥の串を皿に置きながら、奈緒が「そうそう」と言ってこちらを見る。

「希代のことだけどさ。あいつ、どうも隣町のパチンコ屋の店員とつきあってるんじゃないかって情報があるんだよね」

「そうなの?」

「でも〝役場の公務員とつきあってる〟って噂《うわさ》もあって、まだどっちか定かじゃなくて」

彼女は割り箸に刺さった味噌おでんを皿の上でばらしつつ、「ん? 待てよ、両方かも」とつぶやき、言葉を続けた。

「決定的な証拠をつかむまで、もう少し待っててて。あいつが男と一緒にいるところを、何としても押さえるつもりだからさ。そしたら飴屋さんにも、ちょっかい掛けられなくなるでしょ」

奈緒いわく、希代は郵便局の窓口にいるものの、本来は再配達の電話受付のアルバイトにすぎず、人手不足のために窓口業務をやっているだけらしい。

だからこそ、安定した職業の役場の公務員こそが彼女の本命ではないかと分析しているものの、他にもあちこちの男に愛想を振りまいていて、現在いろいろ探っている途中なのだという。あかりは笑って言った。

「でもきっと、希代ちゃんなりに一生懸命なんじゃない？　より良い条件の相手を見つけようとしてて、若いっていいよね」

「何言ってんの、若ければいいってもんじゃないでしょ。女は歳によってにじみ出る色気とか、良さがあるのよ」

健司と同じようなことを言い出す奈緒に、あかりは思わず噴き出す。

それから一時間ほど雑談をし、双子のくじ引きにつきあってあげたあと、あかりは「そろそろ帰ろうかな」と言って腰を上げた。すると彼女が、びっくりした顔で問いかけてくる。

「えっ、これからが盛り上がるところだよ。新館《にいだて》五郎《ごろう》のステージ、見ていかないの」

「誰？」

「隣町出身の、演歌歌手。この祭りのメインイベントで、超盛り上がるから」

「うーん、別にいいかな」

確かに祭りのポスターには、そんな名前が大きく書かれていたような気がする。

今回の祭りに限らず、この集落のあちこちの店には常に彼のポスターが貼られていると聞き、あかりは何となくどんな人物なのかわかった気がした。テレビでは名前を聞いたことがないため、かなりマイナーな歌手なのだろう。それでもこの辺りでは、ほぼすべての年寄りが彼のCDを持っているくらいの人気なのだと奈緒は言っていた。

彼女に別れを告げて天幕を出ると、先ほどよりはるかに人出が増え、たくさん設置されていたテーブル席はほぼ埋まりつつあった。人を掻《か》き分けるようにして進み、あかりはメインストリートを出て自転車で帰路につく。気温は幾分下がったものの湿度が高く、たまに吹き抜ける風も湿った熱を孕《はら》んでいた。

みんな祭りに参加しているのか、どことなく閑散とした感じのする集落の中を、あかりは自転車で走る。市道と山からの道が交差するところを自宅の方角に曲がろうとすると、ふとバス停に見たことのない女性がいるのを見つけて驚いた。

(……誰だろう)

年齢は、二十代前半くらいだろうか。

ひらひらとした服を着てフェミニンな雰囲気の彼女は、奈緒とは違う派手さを持つ女性だった。彼女はベンチに座り、うつむいて暇そうにスマートフォンをいじっていて、あかりはそれを不思議に思う。

(ここの住人ではないよね。全然見覚えがないし)

そもそもこのバス停は終点かつ始発であり、利用する者は滅多にいない。

彼女は一体何の用でここまで来てバス停に座っているのか、頭の中は疑問符だらけだったものの、結局声をかけることはせずに目の前を通り過ぎた。

緩い勾配を、あかりはペダルを漕《こ》ぐ足に力を込めながら自転車で登る。カーブを曲がったところで飴屋の家が見えてきたが、玄関は閉まっていて車もなく、彼がまだ帰ってきていないのがわかった。

午前九時に出て行ったはずだが、また帰りは夜になるのかもしれないとあかりは考える。湯のしの加工所というのはこの近辺にはないらしく、わざわざ二時間以上もかけて実家のほうまで行くのが大変だと、彼は以前からぼやいていた。

何気なく顔を上げ、前方を見たあかりは、ふと目を瞠る。自分の家の前に、見覚えのない車が停まっていた。〝わ〟ナンバーのため、どうやらレンタカーのようだ。玄関に視線を向けると、一人の男が佇んでいる。

（誰……？）

あかりは戸惑いながら自転車から降り、手押しで敷地に入った。

すると気配を感じたのか、男がこちらを振り返る。その顔を見たあかりは驚き、思わずつぶやいた。

「駒野《こまの》くん……？」

「久しぶり」

ジャケットの下はTシャツという若干ラフなスタイルの彼が、そう言って微笑む。

かつてあかりがつきあっていた相手、駒野洋平《ようへい》が、そこに立っていた。

「すごい田舎に住んでるんだな。カーナビを見ても全然わかんなくて、ここまで来るのに苦労したよ」

家の中に招き入れると、リビングを見回した駒野がそんなふうに言って笑う。

あかりは戸惑いをおぼえつつ、キッチンに入ってお茶の用意をしながら言った。

「座って。ソファにどうぞ」

「うん」

彼がソファに腰を下ろし、あかりは氷を浮かべたお茶のグラスとトレーにのせたおしぼりをテーブルに置く。

「どうぞ」

「ありがとう」

駒野がおしぼりで手を拭き、冷茶に口をつける。

掃きだし窓を開けて室内の空気を入れ換えながら、あかりはひどく困惑していた。

(駒野くんは、どうしていきなりここに来たんだろう。住所を知らなかったはずなのに)

駒野洋平は、一年半前までつきあっていた相手だ。

最初はただの同僚で、あかりが笹井と別れて他社に転職したあとも同じロンドンで働く友人として連絡を取り合っていた。あかりはその後何人かの男性とつきあったものの、そのうちの一人と別れた直後に何となくそんな雰囲気になり、駒野とは結局八ヵ月ほど交際した。

破局のきっかけは、結婚話だった。長年の友人から恋愛関係に発展した駒野だったが、交際を始めてしばらくした頃から彼の成績が停滞し始めたらしく、あかりと会うたびに現状を探る発言をするようになった。

『あかりはいいよな。順調に結果を出して、他社《よそ》から引きがくるくらいだし』

『なあ、今月どのくらいまでいった？　今、何本でやってんだよ』

やっかみ半分の言葉をぶつけてくる駒野に辟易《へきえき》したあかりは、半年が経つ頃には別れたいと考えていた。

するとそうした温度差を感じたのか、駒野はしきりに結婚話を持ち出すようになり、何とかこちらの気持ちを繋《つな》ぎ留めるべく必死になった。

『なあ、結婚しよう、あかり』

『悪いけどわたし、そういう気はないから。もしどうしても結婚したいなら、他の人を探して』

『お前がいいんだよ。俺たちきっと、上手くやっていけるよ。な？』

今こうしてぎくしゃくしているのに、結婚して上手くやっていけるはずがない。そもそも自分に結婚願望はない――そう説明し、あかりは彼に別れを切り出した。

だが駒野はなかなか納得せず、別れるまで一ヵ月ものあいだ押し問答を続けることとなった。最終的には彼が渋々承諾する形で別れ、その直後に笹井の病気の件を聞いたあかりは、仕事を辞めて日本に帰国した。

それきり駒野には会っていなかったが、つい先日、友人の真理絵から「駒野は仕事を辞めたらしい」とメールで知らされたばかりだ。

おそらく前向きな形の退社ではなかったのだろうと想像し、あかりは複雑な気持ちになった。自分たちがやっていたのは、会社が求める結果を出せない場合は容赦なく首を切られる仕事だ。成績が伸び悩み、辞めざるをえない状況に追い込まれて退職した彼が、今どうやって生活しているのかはわからない。

別れてから既に一年半が経っているのに、今さら駒野がどういう意図で自分に会いに来たのか見当もつかず、あかりの中には戸惑いしかなかった。

「駒野くん、どうしてここの住所がわかったの？」

あかりのそんな質問に、彼が笑って答える。

「聞いたんだよ、会社の奴に。あかり、何人かに挨拶状送ってただろう？　俺のとこにはこなかったけど」

「…………」

確かに仕事で世話になった人には、退職したあとに挨拶状を送った。

その際に近況と共にここの住所を書いていたため、誰かが軽い気持ちで駒野にそれを教えてしまった可能性は充分考えられる。彼が意外そうな顔で「それにしても」と言った。

「都会の暮らしに慣れてたお前が、こんな田舎に引っ込むとはな。一体何で仕事を辞めたんだ？　あんなに結果を出して、評価もされてたのに」

「潮時だったから」

あかりは短く答える。

過去の仕事については、今はもうどうでもよかった。出世できたのは、笹井に褒められたくて頑張った結果だ。彼が病気で退職して業界を去ってから、あかりは仕事に対する情熱がすっかり色褪《あ》せてしまった。

その気持ちは、一年経った今もまったく変わっていない。前の職場に戻りたいと考えたことは一度もなく、今の生活が性に合っていると感じる。

そんなふうに考えるこちらをよそに、駒野が室内を見回して言った。

「でもいい家だよな。もしかして、新築で建てたのか？　平屋だけど、お前ならこの程度キャッシュであっさり買えるだろ」

「リノベーションしたの。古い家を買って、基礎以外の全部をリフォームして」

「へえ」

ソファから立ち上がった駒野が、興味深そうにあちこちを見て回る。

キッチンを覗《のぞ》き、それ以外の部屋も見るつもりなのかリビングを出ようとしたため、あかりはそれを制止した。

「座って。一体何のためにここまで来たの？　わたしたちはとっくに別れてるんだし、今さら話すことなんて何もないでしょ」

　一年半という期間を空けての突然の訪問、そして馴《な》れ馴《な》れしく下の名前を呼び捨てにしてくる彼に対し、警戒心がこみ上げる。

　駒野はそんなこちらの様子をしばらく見つめていたものの、やがて笑って答えた。

「わかんないか？　お前に会いたかったからだよ」

　驚くあかりを見つめ、彼が言葉を続けた。

「俺たち、別れてどのくらいだっけ。一年？　いや、もっとか。俺は忘れてなかったよ。お前ほどいい女はいなかったって、今でも思ってる」

「……何言ってるの」

　彼の本心がわからず、あかりはひどく困惑していた。

　駒野とつきあっていた期間より、別れてからのほうが長い時間が経っている。今さら彼がこんな発言をする理由に、まったく心当たりがなかった。

　会社の同僚という立場から派生した繋がりは十年ほどあったものの、恋人としての関係はわずか八ヵ月だ。それもどちらかといえばドライなもので、熱烈だったかというと決してそんなふうではなかった。

（……でも）

　別れる前の駒野は、〝結婚〟に執拗《しつよう》にこだわっていた。

　こちらは応じる気はまったくなかったが、彼はそれくらい自分のことが好きだったのだろうか。そう考えた瞬間、あかりは先ほどから感じている落ち着かなさの理由を悟った。

（そっか。これは……）

心に渦巻くのは、罪悪感だ。

飴屋との交際を諦めたときと同じ心境に、今も陥っている。妻帯者である笹井に手を出した一件で、自分は誰かを好きになる資格はないと考えていた。ならばきっと、笹井のあとに交際した数人ともつきあうべきではなかったのだ。

駒野が彼なりにこちらに好意を抱き、結婚したいと思ってくれていたのなら、自分の行動はそんな彼を騙《だま》していたことになる。そう考えるあかりに追い打ちをかけるように、駒野が言った。

「俺はもう一度やり直したいと思って、あかりに会いに来たんだ。ゆくゆくは結婚も考えてる」

「えっ？」

「なあ、こんな田舎に一人でいて寂しくなかったか？　俺のこと、少しも思い出さなかったか？」

正直なところ、彼を思い出したことはほとんどない。

仕事を辞めてここに引っ越してきて以降、笹井の容態のことで頭がいっぱいだった。その後、飴屋と出会ってからは、彼との時間で埋め尽くされていた。

（たぶんわたしは、駒野くんを恋愛対象としてちゃんと〝好き〟じゃなかったんだろうな。

誘われるがままに何となくつきあい始めて、でもそのあとは結婚っていう形で依存されそうになって、嫌になって逃げ出した）

こうして駒野を前にしても、思慕や未練などは一切湧いてこない。

彼を含め、過去につきあってきた相手は笹井を失った穴を埋めるための代替品にすぎなかった。そう思うと申し訳なさがこみ上げ、あかりは目を伏せて謝罪する。

「ごめんなさい、駒野くん。わたし――」

「いいよ。過去のことで責めたくて来たわけじゃないんだ。謝ってほしいわけでもないしさ」

駒野が笑い、明るい表情で言った。

「これからのことを考えよう。俺たち、もう一度やり直せるよな？」

「それは……」

――それはできない。そう告げようとして、あかりは一瞬言いよどむ。

一体どんな言い方をすれば、彼にこちらの意思が伝わるのだろう。交際中も本心を隠していた自分に、駒野を再び傷つける権利があるのか。そんな迷いが、あかりの言葉を鈍らせる。

気がつけばソファから立ち上がった彼が傍にいて、ハッとして顔を上げた。次の瞬間、駒野の腕に強く抱き寄せられて、驚きに息をのむ。

「――あかり」

「は、……離して」

「好きだよ、あかり」

「駒野くん、ちょっ、待っ……！」

ソファに身体を押し倒され、あかりはパニックになる。

暴れた拍子に足先がテーブルに当たり、お茶のグラスが床に落ちた。ガラスが砕け散る音が室内に響いて、焦りが募る。

必死に押し返そうとするものの、彼の身体は重く、あかりはまったく身動きが取れない。

「やめて、離して……っ」

「――好きなんだ、あかり」

「……っ」

繰り返し同じ言葉をささやかれ、ふいにあかりの動きが止まる。

(好き……)

彼にこんな行動をさせているのは、過去の自分の身勝手さが原因ではないか。

ふいにそんな考えが脳裏に閃《ひらめ》き、一瞬抵抗が鈍った。自分が考えなしにつきあったりしたから、相手の愛情を利用したりするから、今こんな状況に陥っている。

あかりの抵抗が緩んだのを了承と捉えたのか、駒野の手が身体をまさぐってきた。猛烈な嫌悪感がこみ上げ、あかりは目の前の彼を突き飛ばそうとする。

その瞬間、駒野の身体が勢いよく引き剥がされ、床に投げ出された。

（えっ……？）

驚いたあかりが身体を起こすと、床に転がる駒野の腹に容赦ない蹴りを入れている飴屋の姿があった。

駒野が悲鳴を上げ、蹴られた腹を押さえながら床で身体を丸くする。

「ぐ……っ」

「や、やめて」

あかりは急いで言った。

「やめて、悠介。――わたしの知り合いなの、その人」

＊　＊　＊

当初の予定よりだいぶ早く用事が終わった飴屋は、午後二時頃に帰路についた。

土曜日で行楽向きの天気のせいか道路は少し混んでいて、いつもより車の流れが悪い。

それでも午後四時半近くには帰宅することができ、ホッと一息ついた。

自宅敷地の定位置に車を停めた飴屋は、外に出てふと目を瞠った。隣家の前の道路に、見慣れないセダンが停まっている。〝わ〟ナンバーであることからレンタカーだとわかったものの、一体誰が訪ねてきているのだろう。

先ほど下のバス停にいた、見知らぬ若い女性のことも気になっていた。何となく腑《ふ》に落ちない気持ちであかりの家のほうを見やったとき、ガラスが割れるような音がかすかに聞こえ、飴屋は胸騒ぎをおぼえた。

(……何だろう)

近隣には他に家はなく、音は間違いなくあかりの自宅から発生したものだ。

おそらく開け放された掃きだし窓から漏れ出た音で、飴屋は車から荷物を降ろすのもそこそこに大股で隣家の敷地に向かった。

ただ単に手が滑って、食器を壊したのならそれでいい。だがもしあかりの身に、何かあったら――そう考えて庭から家を覗き込んだとき、争うような声と共に飴屋の目に思わぬ光景が飛び込んできた。

あかりが見知らぬ男に、ソファに押し倒されている。それを見た瞬間、飴屋は一気に頭に血が上るのを感じた。彼女は必死に抵抗しているものの、男が何かをささやきかけた途端にビクリとし、一瞬抵抗をやめたように見えた。

「……っ」

飴屋は靴を乱暴に脱ぎ捨て、足音荒くリビングに上がり込むと、あかりの身体をまさぐっている男の身体を力任せに引き剥がした。

そして床に放り投げ、すぐさまその腹に容赦ない蹴りを入れる。

「ぐ……っ」

男が呻《うめ》き、腹を押さえてうずくまったが、手加減はしなかった。

数発蹴り込んだものの、腹部をガードする腕が邪魔で思うようなダメージを与えられない。苛立った飴屋が男の首根っこをつかんで身体を引きずり起こそうとしたとき、横からあかりの声が響いた。

「やめて、悠介。――わたしの知り合いなの、その人」

彼女の声で、飴屋は動きを止めた。

ふつふつとした怒りは、まだ収まらない。そのままの勢いであかりのほうに視線を向けると、こちらの怒気を感じたらしい彼女がビクッと身をすくませた。

飴屋は押し殺した声で、あかりに問いかける。

「合意の上か？」

「えっ……」

飴屋の言葉を聞き、その意味を考えるように一瞬言葉を失った彼女は、すぐに真っ青な顔で首を横に振る。

「ち、違う。でも……」

「――表に出ろ」

舌打ちした飴屋は再び男を蹴りつけ、掃きだし窓から外に出そうとする。

知り合いだろうと何だろうと、合意がないのにあんなことをすれば性的暴行だ。そんなふざけた真似をする相手を許す気は毛頭なく、怒りがますます強くなる。

男が情けない悲鳴を上げ、助けを求めるようにあかりのほうを見た。すると彼女が、動揺した様子で言った。

「悠介、待って……その人は」

「婦女暴行で警察を呼ばれるか、俺と二人で話をするか。どっちか選べ」

飴屋の言葉を聞いた男が顔色を変え、目に見えて狼狽《ろうばい》する。

小物ぶりが露呈したその態度に苛立ちを募らせ、飴屋は彼の答えを聞かずに首根っこをつかむと、引きずるようにして外に出た。

するとあかりが、焦った表情で声をかけてくる。

「待って……！」

「大丈夫だ。話を聞くだけだから」

彼女に向かってそう言い放ち、飴屋は男を引きずって庭から出る。そのまま自宅に連れて行くつもりでいたものの、男が途中で声を上げた。

「く、靴が……」

「どこにある」

飴屋が低く問いかけると、男は「彼女の家の玄関だ」と答える。

飴屋は玄関に立ち寄って男の靴をつかんで押しつけ、自宅に向かった。

「あの、ど、どこに」

「俺の家。すぐ隣だ」

すっかり動揺している男の顔を睨《にら》み、飴屋は言った。

「――事情、全部聞かせてもらうからな」

＊　＊　＊

いつになく怒気をあらわにした飴屋が駒野を引きずってリビングを出ていき、一人残されたあかりは呆然《ぼうぜん》とそれを見送る。

（……どうしよう）

確かに駒野にされていた行為は合意の上ではなく、あかりは抵抗しようとしていた。だがおそらく彼なりの言い分があり、それを聞いた飴屋がどう思うのかと考えたあかりは、複雑な気持ちになる。

（あんな悠介……見たことなかった）

おそらくグラスが割れる音を聞いて駆けつけてきた飴屋は、あかりが駒野に暴行されていると考えたらしい。

実際そのとおりだったが、普段穏やかな飴屋があそこまで怒りをあらわにするのを、あかりは初めて見た。あれ以上駒野を痛めつけてほしくはないものの、飴屋は一体彼と何を話すつもりなのだろう。何となく過去の自分を暴かれるようで、あかりはひどく落ち着かない気持ちになった。

ふと、床に割れて散らかったグラスの破片に目が吸い寄せられる。片づけなければと思い、大きな欠片から拾って慎重に重ねていると、指先にチクリとした痛みが走った。

「痛……」

指先に鋭い破片が刺さり、小さく血の玉が浮き上がっている。

それを舐《な》めながら、あかりは不安な面持ちで庭に視線を向けた。開け放した窓からは、飴屋の怒鳴り声などは一切聞こえない。代わりに自宅からだいぶ離れている商店街の祭り会場から、演歌らしい歌声が風に乗って聞こえていた。

(もう少ししたら、隣に様子を見に行ってみようかな。駒野くんを放っておけないし)

どうなっているのかを見るのが怖いような気もするが、この件に関してあかりは無関係ではない。

割れたグラスの破片を片づけ、お茶で濡《ぬ》れた床を掃除する。それからしばらく、あかりはそわそわと落ち着かない時間を過ごした。

一体どれくらいの時間が経てば、様子を見に行っていいのだろう。飴屋がどういう意図で駒野を連れ出したのか、気になって仕方がなかった。

確かに駒野のしたことはこちらの意思を無視した無理やりな行為であり、あのまま飴屋が来てくれなかったらどうなっていたかわからない。しかしもし彼が自分を好きだというのが本当なら、その行動を責めきれないとあかりは感じた。

(悠介、「合意の上か」って聞いてきたっけ)

その言葉の意味を、あかりはじっと考える。

そんなつもりはまったくなかったものの、ほんの一瞬抵抗する手が止まったのは事実だ。

それを見た飴屋は、何か誤解したのかもしれない。そう考えるとひどく落ち着かない気持ちになり、あかりは外を気にしてうろうろと窓辺に向かう。

そうして二十分ほど経った頃、ふいに外で車のエンジンがかかる音と、急発進して走り去る音がほぼ同時に聞こえた。ハッとして顔を上げ、あかりがサンダルを突っかけて外の様子を見に行こうとした瞬間、庭に飴屋が入ってくる。

「……悠介」

驚いて動きを止めたあかりは、彼の顔をじっと見つめた。すると飴屋が、表情の読めない顔で問いかけてくる。

「ちょっと、中で話してもいいかな」

第四章

飴屋があかりの家の庭に足を踏み入れたとき、彼女はちょうどサンダルを突っかけて外に出ようとしているところだった。飴屋はそんなあかりを見つめ、申し出る。

「ちょっと、中で話してもいいかな」

彼女が躊躇《ためら》いがちに頷《うなず》き、飴屋はサンダルを脱いで掃きだし窓からリビングに入る。

ソファに腰を下ろして深いため息をついた瞬間、そんな些細《ささい》な動きであかりがビクリと身をすくませるのがわかった。それに気づいた飴屋は、先ほどの自分の行動がすっかり彼女を萎縮させてしまっているのに気づく。

（……当然か。普段は乱暴なところを見せてないもんな）

そう自嘲的に考える飴屋に、あかりが遠慮がちに問いかけてきた。

「あの、駒野くんは……？」

「あいつなら、帰った」

それきり部屋の中に、沈黙が満ちる。

彼との一連のやり取りを、飴屋は頭の中で反芻《はんすう》する。あかりに説明するには一体どこから話すべきか考えあぐねていると、彼女がふと気づいた顔でつぶやく。

「悠介、その手……」

「ん？　……ああ」

飴屋の右手の拳は関節が腫れ、ひどく鬱血している。

それを見たあかりがみるみる顔色を変え、強引にこちらの手をつかんで言った。

「もしかして、駒野くんのことを殴った？　それでこんなに腫れて……」

「殴ったのは家の壁だよ。あいつじゃない」

本人を殴りつけたいのは山々だったが、かろうじて怒りを抑え、すぐ横にあった壁を殴った。

その説明を聞いた彼女は、まるで自分が痛みを感じたように顔を歪《ゆが》ませる。

「手を使う仕事なのに……こんなに鬱血してるし、骨とか傷めてるんじゃ」

「大丈夫だよ。見た目ほど痛くない」

とはいえ飴屋は、細かい仕事をする職人だ。こんなふうに関節を腫らせば作業に影響するのは否めないものの、まったく後悔はしていない。

あかりが立ち上がり、救急箱を取りに行こうとしているのがわかった飴屋は、それを制止する。

「包帯は、手を動かすのに邪魔になるからいいよ」

「でも」

「──さっきのあいつ、元彼？」

唐突な質問に彼女がドキリとしたように肩を揺らし、ぎこちなく頷く。飴屋は続けて問いかけた。

「何の用事で来たって言ってた？」

「外から帰ってきたら、アポなしで家の前にいて……『会いたかった』って言われた。それから、『やり直そう』って」

どこか歯切れの悪いあかりの答えを聞いた飴屋はしばらく沈黙し、やがて口を開いた。

「結論から言うと、あいつの言葉は半分嘘《うそ》だ。わざわざあかりに会いに来たのは復縁を迫るためってことで合ってるけど、もうひとつ目的があったって言ってた」

「えっ？」

「平たく言えば、金だ。上手く復縁したあとは、言葉巧みにあかりが持ってる金を巻き上げようっていうのが、あいつの狙いだったらしい」

彼女が驚きの表情で、口をつぐむ。飴屋は言葉を続けた。

「ふざけたことに、ここまで女連れで来てたしな。下のバス停にいた若い女は、あいつの連れだそうだ。あかりとの話が終わるまで、あそこで待たせてたって」

飴屋が自宅に駒野を連れていき、土間に転がして問い詰めたところ、彼は最初聞こえのいいことばかりを話した。

「かつて交際していたあかりを、忘れられなかった」「復縁したいと思い、人づてに住所を聞いて訪ねてきた」――しかしそれを聞いた飴屋は、直感的に「嘘だ」と考えていた。

明確な根拠があったわけではなく、強いて言うなら〝勘〟だ。駒野の表情からは何とかこの場を乗りきろうという焦りが透けて見え、こちらの機嫌を窺《うかが》うような目つきが不快だった。

（もしあかりを好きだというのが本当なら、こいつはもっと堂々としていていいはずだ。だけど実際は、俺が出てきたことにひどく焦ってる）

気持ちが本当ならば、「どうしても彼女と復縁したかった」と胸を張って主張すればいいのに、彼はそうしない。

ならばきっと、他に目的があるはずだ。そんな結論に達し、飴屋はことさら威圧するように駒野を見下ろして問いかけた。

『俺も暇じゃないから、あんたが本当のことを話す気がないなら今すぐ警察に連絡する。「婦女暴行犯を捕まえた」って』

『いや、それは……あ、謝ればいいんだろう』

半笑いで発した言葉があまりにも軽く、みるみる怒りがこみ上げた飴屋は、気づけば彼の頭の上の壁を強く殴りつけていた。

ガツッという鈍い音が響き、駒野が一気に青ざめて身体を硬直させた。それを見つめ、飴屋は静かな口調で告げた。

『勘違いすんな。心がこもってない謝罪なんて、欠片も求めてない。何なら今すぐこの場で、お前をボコボコにしたっていいんだ。何しろ合意なく彼女を襲っていたんだから、こっちは正当防衛を主張できる。もちろんそのあと、お前は警察行きだけどな』

『…………』

『でも正直に話すなら、これ以上手荒なことはしない。〝警察を呼ばない〟っていう選択肢についても、一応は考える余地は残す。どうする？』

『わ、わかった。話すから』

そうして聞き出した話によると、駒野は相当金に困っていたのだという。

以前は海外のファンドに勤めていたそうだが、会社を辞めて日本に帰国してきてすぐ、彼は貯金を投資につぎ込んだ。しかし失敗して全額失ってしまい、損失を穴埋めするために次々と借金を重ねて、あっという間に金額が膨らんだらしい。

普通に借りるのが難しくなってからは、あまりよくない筋からも借金をしていたのだという。飴屋がそう説明すると、あかりが複雑な表情でつぶやいた。

「それで、わたしのところに？」

「ああ」

借金で首が回らなくなった駒野は切羽詰まり、以前つきあっていたあかりのことを思い出したらしい。

彼は自分よりも稼いでいたのだから、今も相当貯め込んでいるに違いないと考え、わざわざ知り合いから住所を聞き出して会いに来たというのが事の顛末《てんまつ》だという。

飴屋は駒野とのやり取りを思い出しながら言った。

「前にいた会社でのあかりの地位は、同僚の中でも抜きん出てたって言ってた。何だっけな、V……」

「〝VP〟」

彼女が小さく答え、その意味を説明する。

一年半前まで海外の投資銀行に勤めていたあかりの地位は、〝VP（ヴァイスプレジデント）〟と呼ばれるもので、他業種でいうところのマネージャー職に相当し、一定の収益責任を負いながら顧客を担当する他、大きな取引（ディール）を遂行する際にはプロジェクトマネージャーとしての役割を担う上位職らしい。

駒野のほうは彼女のひとつ下のランクの職位である〝アソシエイト〟で、役職ではひとつしか違わないものの、年収は雲泥の差だったという。

あかりが他社にヘッドハンティングされてからはより格差が大きくなり、つきあっていた当時は彼にそうした金に関する部分を探られるのが嫌だったのだと彼女は語った。

「退職したあと、駒野くんは仕事でやっていたときの感覚で、不相応に大きな金額をマーケットにつぎ込んでしまったんだと思う。たぶん、〝自分は長年投資の現場にいた〟っていうプライドがあったのかもしれないし。……実際は会社を辞めなければならないほど、彼の相場に対する勘や洞察力は鈍っていたはずなのに」

あかりが何ともいえない顔で、口をつぐむ。

おそらくわざわざ会いに来たかつての恋人の目的が金だったと知り、ショックを受けているに違いない。そう考えた飴屋は、彼女を見つめて言った。

「あかりがあいつに対して罪悪感をおぼえる必要は、一切ないよ。しっかりお灸《きゅう》を据えといたし、あいつも『二度とここには来ない』って言ってた」

駒野から話を聞いた飴屋は、今後あかりに近づかないことを約束させた。

「二度目はない、次にこの近隣で顔を見ることがあったら許さない」と告げると、駒野は必死に頷いていた。

警察を呼ばなかったのは、こんな田舎で騒ぎになれば妙な噂《うわさ》が立つかもしれないと考えたからだ。性的暴行は未遂だったにもかかわらず、伝聞で話に尾鰭《おひれ》がつけば、あかりにとって不名誉なことになりかねない。

それを聞いたあかりが、安堵《あんど》の表情で言った。

「ありがとう。もし警察が来るようなことになったら、この辺りはきっと大騒ぎになっただろうから、飴屋さんがそう判断してくれてすごくホッとしてる。でも、どうしてあのタイミングでうちに来たの？」

「出先から車で戻ってきたら下のバス停に若い女が座ってるのが見えて、一体誰だろうと不審に思った。そのまま通り過ぎて自宅まで戻ってくると、あかりの家の前にレンタカーが停まってるし、そうするうちに何かが割れる音が聞こえて、胸騒ぎがしたんだ」

一旦言葉を切った飴屋は、彼女を見つめて再び口を開く。

「家の中を見るとあかりが知らない男に押し倒されてて、てっきり暴行されてるんだと思ってカッとなった。でも俺の目には、あかりが一瞬あの男に対して抵抗をやめたように見えた」

それを聞いたあかりが、ドキリとしたように肩を揺らす。飴屋は続けて問いかけた。

「もしかして、あいつに未練があったのか？」

彼女はすぐに首を横に振り、ポツリと言った。

「未練はまったくないし、駒野くんのことは今日までほとんど思い出しもしなかった。でもそう見えたのは、わたしの中に彼に対する罪悪感があったからかも」

「罪悪感？」

あかりが頷き、言葉を続けた。

「駒野くんとは確かにつきあっていたけど、わたし、彼のことを恋人として好きなわけじゃなかった。昔つきあってた人を忘れさせてくれるなら、たぶん誰でもよかったの」

（……誰でもよかった？）

あまりに思いがけない発言で、それを聞いた飴屋はヒヤリとする。

〝忘れられない人物がいて、それを紛らわせるために男とつきあっていた〟というなら、自分もそのうちの一人だったということだろうか。

あかりがこちらを見つめ、複雑な表情で言った。

「もし本当に駒野くんがわたしと結婚したいと思ってくれていたなら、そう思わせてしまった自分に責任があると思った。だからといって、彼の行為を受け入れたわけじゃなかったけど……あのときは一瞬そんな迷いがあったのかもしれない」

彼女の顔にあるのは確かに後悔で、飴屋はあかりが今回の件で思いのほかダメージを受けていることに気づく。

あかりが一旦言葉を切り、何かを決断した表情で問いかけてきた。

「わたしの昔の話、聞いてくれる?」

＊＊＊

外は日が暮れて、空はだいぶ藍色を濃くしている。

祭り会場から切れ切れに聞こえていた演歌の歌声は、いつのまにか終了していた。そんな中、立ち上がったあかりは一旦キッチンに向かう。そして冷蔵庫からお茶のペットボトルを取り出し、二つのグラスに注ぎながら口を開いた。

「実はわたし、何年も好きだった人がいたの。就職してすぐに配属された部署の上司で、業界では名の知れたすごい人だった」

お茶が入ったグラスを二つテーブルに置いたあかりは、ソファに座る飴屋の向かい側、フローリングの床に足を崩して座る。

上司の笹井英司は十八歳年上で、仕事に対する姿勢や穏やかな物腰に強く心惹《ひ》かれた。

尊敬するうち、いつのまにか異性として好きになっていたのだとあかりは説明した。

「彼に認められたくて、わたしは仕事をすごく頑張った。結果を出せなかったら即首を切られるような厳しい職種だったけど、頑張れば年俸は上がったし、何より彼の直弟子だって褒められるのがうれしかった」

仕事を覚えるためにがむしゃらに過ごした数年間、あかりは彼への想いを募らせた。笹井に妻子がいることは、入社した当初からわかっていた。

「入社して七年目のときに彼がロンドンに異動になって、わたしもすぐ異動願いを出してついていった。それで告白したの。『ロンドンにいるあいだだけでいいから、わたしを恋人にしてほしい』って」

飴屋が驚いたように、目を見開く。そこから視線をそらして暗い庭を見やりながら、あかりは話を続けた。

「言い訳はしない。あのときのわたしは、自分のことしか考えてなかった。好きで好きで、どうしてもあの人が欲しくて――彼の家族や彼自身の葛藤についてなんて、まったく考えてなかった。自分さえよければ満足だったの」

「…………」

飴屋が黙って話を聞いている。

あかりは包み隠さず、すべてを話した。笹井とのつきあいは、結局一ヵ月しか保《も》たなかったこと。彼は家族に対する罪悪感に苦しんでいて、こちらと会っていたときはいつもどこかつらそうにしていたこと。

　それなのに自分はあえてそこから目をそらし、少しでも長く彼と一緒にいたいということばかり考えていた。

「別れるときに笹井さんから『恨んでくれて構わない』って言われたけど、そんなことできなかった。そのときようやく、自分が思ってる以上に彼を苦しめていたってわかったし、あちらの家族に対しても申し訳ないっていう気持ちがこみ上げた。……わたし、本当に勝手な人間だった」

　その後、あかりは笹井を失った穴を埋めるように何人かの男性とつきあった。

　今思えばそれもひどく自分勝手で、相手の気持ちを利用した狡《ずる》い行為だった。だから結婚を匂わされるたびに逃げ出していたのだと語りつつ、あかりは苦い思いを嚙《か》みしめた。

「そして一年半前、駒野くんと別れた直後に、知人から笹井さんが病気で退職したっていう話を聞いたの」

　病名は癌《がん》で、「もう完治の見込みがない」「緩和療法を受けながら過ごしているようだ」と聞いたときの気持ちを、あかりは思い出す。

「目の前が、真っ暗になったような気がした。そのときはもう彼と別れて三年も経ってて、とっくに忘れたつもりでいたのに……本当は全然そんなことなかった。彼が死ぬ、もういなくなるって思ったら怖くて苦しくて、自分はまだ彼が好きで全然忘れてなかったんだって痛感した」

仕事とプライベートの何もかもが色褪せて無気力になり、あかりは仕事を辞めた。そして日本に帰国し、静かなところで暮らすべくこの家を買った。その後はいつ笹井が死ぬのかと怯《おび》えながら、一年を過ごしてきた。

あかりは暗い庭を見つめ、「だから」と言葉を続けた。

「わたしには、飴屋さんとつきあう資格はなかった。一度は家庭のある人に手を出したことのある人間が、何事もなかったような顔をして他の誰かを好きになるなんておこがましいし、わたしはその人のことを今もまだ忘れてないから」

あかりが口をつぐんだあとも、飴屋は沈黙している。

こうして過去の恋愛について話すことで、自分はきっと彼を傷つけているに違いない。そう思いながらも、一度話し始めると中途半端なことはできず、あかりは再び口を開いた。

「今だって、本当は怖い。いつ笹井さんが死ぬのか、そうなったら自分はどうなるのか、『もうわたしには関係ない』『過去の話なんだから』っていうふうには、どうしても思えない。そんな気持ちを抱えながらあなたとつきあうのは狡いことだし、そもそもそんな資格は最初からなかったのに、自分の全部で向き合えないくせに、『何も聞かない』っていう言葉に甘え続けることは……どうしてもできなかった」

「…………」

「だから、本当に……ごめんなさい」

冷静に話そうとしていたのに気持ちが高ぶり、わずかに語尾が震えて、あかりは目を伏せる。

（……軽蔑してくれていい。わたしはそれだけのことをしてるんだから）

笹井のことをいつまでも断ち切れずにいたくせに、飴屋を本気で好きになってしまった自分は、卑怯《ひきょう》な女だ。

己の身勝手さに気づいて別れを告げたものの、その後も飴屋に笑いかけられるたびにあかりの心は切なく疼《うず》いた。そもそも別れておきながら〝いい隣人〟でいようとするのが、無理な話だったのだ。飴屋と笹井、どちらのこともきっぱりと思いきれないままの自分は、いっそ嫌われてしまったほうがいい。

そのとき飴屋が突然、ソファから立ち上がった。まったく心の準備がなかったあかりは、ビクッとして身をすくませる。彼が今どんな表情をしているのかと想像すると途端に怖くなり、顔を見ることができない。

そんなこちらを見下ろした飴屋が、低く告げた。

「――今日は帰る」

あかりはうつむいたまま、短すぎるその言葉の意味を考える。

〝今日は〟ということは、また次があるのだろうか。彼の言葉をどう解釈していいかわからず、あかりは戸惑いながら自分の手元を見つめる。

するとふいに、頭の上にポンと手が置かれた。

「おやすみ」

飴屋がそう言って、掃きだし窓から出ていく。

その後ろ姿を呆然《ぼうぜん》と見送ったあかりは、胸の奥がぎゅっとするのを感じた。

(どうしていつも……そんなふうに触れるの)

頭に触れた手の大きさとぬくもりに、心をぐっとつかまれた気がした。

飴屋が一体どんな表情だったのかは、あかりにはわからない。ただ拒絶するような空気を出していなかったのは確かで、ひどく複雑な気持ちになる。

あんな話を聞いたあとなのだから、いっそこちらを軽蔑して顔を合わせなくてもいい。そう思うのに、彼の態度は棘がなく穏やかで、いつまでも手の感触が消えなかった。

暗い庭からは、かすかに鈴虫の鳴き声がしている。遠い祭りのにぎやかさから離れ、一人きりの家は本当に静かだ。

いっそこの家を手放し、どこか別の所に行こうか——ふいにそんな考えが頭に浮かび、あかりは苦く微笑む。

(居づらくなったら、それもいいのかもね)

独身で身軽なのだから、そんな選択肢があってもいい。

そう思う一方、一抹の寂しさも感じて、床に座り込んだままぼんやりと庭を眺める。日中は夏の暑さでも、日が暮れると気温がぐんと下がり、ひんやりとした風が部屋の中に吹き込んできた。

しばらくしてようやく立ち上がったあかりは、目を伏せて掃きだし窓を閉めた。

ベッドに入ってからも考え事をしていたせいか、その夜は結局ほとんど眠れなかった。

まんじりともせずに一夜が明け、あかりは寝室の窓を開ける。外は乳白色の靄《もや》が立ち込め、辺りは白くけぶっていた。車通りもなく静かな中、窓辺に立ったあかりは昨日話した内容を改めて思い返す。

自分は飴屋に軽蔑されても仕方がなく、これ以上隣人としてのつきあいはできないに違いない。だが心には、肩の荷を下ろしたかのような安堵もあった。

（もうこれで、悠介に隠してることは何もない。聞かされたほうは複雑かもしれないけど、わたしだけ少し楽になるだなんて、何だか皮肉だな）

昨夜の話を聞いて、彼は一体どう思っただろう。

妻子ある人に手を出した過去を、とんでもないと感じただろうか。それとも、笹井のことを忘れていないのに飴屋とつきあったあかりを、身持ちの悪い女だと呆《あき》れただろうか。

結果として彼がこちらにどんな態度を取っても、あかりは受け入れようと考えていた。

飴屋が気まずさを態度に出すのなら、こちらからはもう話しかけない。たとえ隣同士であるにせよ、完全に没交渉になっても仕方がないと思う。

小さく息をついたあかりは、いつもよりゆっくりシャワーを浴び、朝食は作らずに家の中の掃除を丁寧にした。終わる頃には霧が晴れて、空には眩《まぶ》しい太陽が昇っている。

　湿気がなく涼しい空気の中、掃きだし窓から外に出たあかりは、ポンプを使って井戸水を汲《く》み上げた。そしてそれをじょうろに注いで植栽に水遣りを始めたところ、ふいにジャリッと砂を踏む音が聞こえる。

　顔を上げると庭の入り口から入ってきた飴屋の姿があって、ドキリとして動きを止めた。いつもどおりの表情でこちらを見た彼が、口を開く。

「……今、時間ある？」

　問いかける飴屋の手には、車の鍵がある。あかりが戸惑いながら頷くと、彼はチラリと笑って言った。

「じゃあ、ちょっとだけつきあって」

＊　＊　＊

　隣同士で親しくしていたはずなのに、思えばこれまで二人で車で出掛けたことは一度もなかった。

　自分たちの距離はある意味近すぎて、つきあっていたときも普通のカップルのような行動は、何ひとつしたことがない。

　そんなことを考える飴屋の隣で、助手席に座ったあかりが感心したようにつぶやいた。

「大きい車だとは思ってたけど、車高がすごく高いんだね」

「そうだな」

返事をしながらシートベルトを締め、飴屋はキーを差し込んで車のエンジンをかける。

緩やかに走り出した車内で、助手席に座った彼女はハンドルを握るこちらの手をじっと見つめていた。時刻はまだ朝の八時で、おそらくあかりはどこに行くのかと疑問に思っているに違いない。しかしあえて説明せず、飴屋はそのまま運転する。

道路は空いていて、対向車の数もまばらだった。メインストリートでは昨日の祭りで組んだテントがそのままになっており、そこから迂回《うかい》してハンドルを左に切る。

二十分ほど車を走らせたところで、ようやく目的地に着いた。あかりに降りるように促すと、彼女は外に出て目を瞠《みは》る。

そこは地元住民しか知らない、小さな砂浜だった。近くに大きく切り立った岩壁があり、陰になっているスポットで、ところどころに岩が見えるものの足元はサラサラとした細かい砂だ。

元々は、健司に教えてもらった場所だった。「子どもたちを連れてときどき泳ぎに行く」と言っていて、来てみると確かに静かでいいところだ。

ときおりかすかな風が吹くが、天気は穏やかで海も凪《な》いでいた。潮の匂いを感じながらしばらく砂浜を歩いた飴屋は、ちょうどいいサイズの岩のところまで来てあかりを振り向いて言う。

「座って」

「……どうしてここに来たの？」

「家に余計な奴がやってきて、話の邪魔をされたら困るから」

さすがにこんな時刻からは誰も来ないとは思うが、念のためだ。飴屋は彼女と二人だけで、腹を割った話がしたかった。

促されたあかりが、少しぎこちない動きで岩に腰を下ろす。その隣に座り、飴屋はしばらく黙って目の前の海を眺めた。辺りはときおり道路を走る車の気配がする他は、波の音がするだけで人影もない。

あかりが気まずさを感じた様子で身じろぎするのがわかり、飴屋はようやく口を開いた。

「――昨夜あかりの話を聞いて、俺も一晩考えた」

「…………」

「今思えば、あかりは最初からガードが堅かったよな。親切だし、面倒見もすごくいいのに、どこかで線を引いて誰もそこから入れないように気を張ってる。出会ったときから、その部分は強く感じてた」

飴屋が「それは元上司との一件のせいか」と問いかけると、彼女はしばし躊躇ったあと、小さく頷く。飴屋は波を見やりながら言った。

「そのくせときおり、本当に無防備な素の顔を見せる。寂しそうな、心細そうな顔を見るたび、俺は気になって仕方がなかった。あかりの過去には一体何があったんだろうって」

ただの隣人から徐々に気になり、いつしか好きになっていた。

何か事情を抱えているのを感じ取りつつも、普段はあまり隙を見せないあかりが葬式の日に弱味を見せたから、チャンスとばかりにそこにつけ込んだ。

飴屋が「あのときの自分は強引だった」と告げると、彼女がびっくりした顔でそれを否定した。

「ううん、全然強引じゃなかった。あのときはわたしだって……」

「違わないよ。理解があるふりで『待つ』なんて言いながら、俺はあかりを逃がす気はまったくなかった。あのとき抱かなくても、いずれ絶対に自分のものにしようと考えてたし、あかりが思うよりも俺はずっと強欲で卑怯なんだ」

昔から滅多に恋愛感情を抱かないため、余計に相手に執着してしまうのかもしれない。

気が長いのは優しいからではなく、〝逃がさない〟という強い意思の表れなのだと言うと、あかりは戸惑った表情を見せた。

「そんなふうに感じたことはなかったから、何だか意外。……わたしが知ってる飴屋さんは、いつも穏やかな印象だったし」

「本当はあかりが抱えてるものを、全部暴いてやりたいと思うときもあった。つきあうようになってからも、俺に対してどこか遠慮がちなのはずっと感じてたから」

一度別れて以降は、余計にその思いが強くなった。だが決して表には出すまいと自制していたため、彼女にはきっと伝わっていなかったに違いない。

「昨日の話を聞いて、あかりがこれまで抱えていたものとか、俺と『別れたい』って言った理由をようやく理解できた。誰ともつきあわず、ただ元上司が死ぬのを一人で待つことが、その人への償いになると思ってるのか？」

「〝償いになる〟っていうのとは、少し違うけど」

あかりが言いよどみ、目を伏せて答えた。

「わたしには、人を好きになる資格なんてない。ましてや笹井さんを忘れていない状態で、あなたとつきあったことがそもそも間違いだった。……好きになったりしちゃいけなかったのに」

語尾がわずかに震え、それをぐっとこらえたあかりが、深呼吸して言葉を続ける。

「軽蔑していいよ。わたしには世間に顔向けできない過去があるんだし、自分の都合であなたを振り回したんだから、怒って当たり前だって思ってる」

波の音が、静かに響く。

遠い水平線に視線を向けた彼女は、頬を伝った涙をそっと拭っていた。飴屋は足元の砂の中から拾い上げた小さな貝を、手の中で弄ぶ。そしてそれを海に向かって放り投げながら言った。

「怒りはなかった。軽蔑する気持ちも……まったく湧いてこなかった」

「…………」

「ただあかりが抱えていたものを、ようやく俺に見せてくれたのがうれしかったな。本当の、素のままの顔を見せてくれた気がして」

「……何言ってるの」

彼女が戸惑いの表情で、こちらを見る。飴屋は岸に押し寄せる波を眺めつつ、再び口を開いた。

「確かに世間一般の常識で言えば、あかりのしたことは非難されても仕方のない行為なんだろう。でも……これは俺の推測だけど、元上司はきっとあかりが自分を罰するみたいに一人で生きていくのを、決して望んではいないんじゃないかな。ましてや自分の余命が短いなら、なおさら」

「彼のためだけじゃない。ご家族にも申し訳ないと思うから、わたしは……」

「あかりの気持ちはわかる。でもそういう罪悪感も俺は全部受け入れるし、支えてやりたい」

きっぱりとした飴屋の言葉を聞いたあかりが、呆然とこちらを見る。飴屋は彼女に視線を向けないまま、話を続けた。

「今思えば、罪の意識とか捨てられない気持ちとかを抱えてるから、あかりはときおり弱くなってたんだよな。そういう顔を見るたびに、『早く全部俺に預ければいいのに』って思ってた」

「………………」

「この一ヵ月間、俺はもどかしかった。物分かりがいいふりをして一旦は別れてやったけど、本当はあかりの気持ちをすぐ自分のほうに振り向かせるつもりでいた。でも、最初は待てると思った気持ちがときおり揺らいだし、触れたくなる気持ちを我慢するのにも苦労した。健司とはやけに仲がいいし、他の連中もあかりが顔を出したらそわそわしてるし、周りがどんどん騒がしくなっていくのに、あかりはいつも涼しい顔して笑ってるから、もう俺のことはどうでもいいのかって考えて眠れなくなったりした」

「……飴屋さんが？」

あかりが驚きの表情で、そうつぶやく。

正直こんな心情を吐露するのは情けないものの、彼女が自分の過去をすべて話してくれたことを思えば、このくらいは何でもない。おそらく飴屋自身、あかりとの距離ができて相当煮詰まっていた部分があるのだろう。

しかしそんな弱気を変えるきっかけになった日のことを、飴屋は思い出す。

「ただ、このあいだあかりが熱を出したとき、譫言《うわごと》でつぶやいたんだ。『悠介』って」

「えっ……？」

「『行かないで、悠介』って。それを聞いたら、ただの隣人ではいられなかった。何が何でももう一度手に入れようと思ったし、いっそあの場で手を出してやろうかと思ったけど、それだけはギリギリで我慢した。熱もあったしな」

どうやらまったく自覚がなかったらしく、彼女の頬がみるみる赤らんでいく。

あの夜のでき事であかりへの気持ちを再確認した飴屋は、だからこそ昨日の告白を聞いても微塵《みじん》も揺らがなかった。

彼女の過去も断ち切れない後悔も、全部自分が受け止めてやりたいと思った。

「別れて一ヵ月が経っても、昨夜の話を聞いても、俺の気持ちはまったく変わらない。俺はたぶん、どんなあかりでもいいんだ。……たとえよその男を忘れられなくても」

「…………」

「過去は消せないけど、そうやってずっと後悔してる不器用なあかりが好きだ。しんどいときには支えてやりたいし、『幸せになる資格はない』なんて言ってそっぽを向いても、俺だけは傍にいてやりたいと思う」

飴屋は「だから」と一旦言葉を切り、腕を伸ばして隣の彼女の手を握る。

小さくて柔らかなそれはすっぽりと収まり、かすかに震えた。それをいとおしく思いつつ、飴屋は言葉を続ける。

「いい加減、戻ってきてくれないかな。――離れてるのは、もう限界だ」

「……っ……」

零れ落ちそうになる涙を、あかりが必死にこらえていた。彼女の中でさまざまな葛藤が渦巻き、せめぎ合っているのが、触れた手から飴屋に伝わってきた。

(……早く落ちてこい)

どんなあかりだって、構わない。

たとえ周囲が非難しても、彼女が自分を好きでいてくれさえするならば、絶対に傍を離れない。そんな気持ちで飴屋が握る手に力を込めると、あかりが何かをこらえる表情で

ぐっと唇を噛んだ。

　飴屋は彼女を見つめて問いかけた。

「この一ヵ月間、じりじりしてたのは俺だけか？」

　あかりが視線を揺らし、やがて首を横に振る。

　それに安堵した飴屋は、「ならいい」と微笑んで彼女の頭の上にポンと手を置いた。

「俺は滅多に恋愛をしない分、しつこいんだ。あかりが逃げても追いかけるし、心変わりすることもたぶんないな」

「……悠介」

「うん、そうやって呼んでくれるほうがいい。〝飴屋さん〟って他人行儀に呼ばれるのは、実は密かに傷ついてた」

　だからこそ意地になり、飴屋はあえて〝あかり〟という呼び方を変えなかった。

　後頭部をつかんで引き寄せて額同士を合わせると、彼女がじわりと頰を染める。吐息が触れるほど近くで、飴屋はささやいた。

「――好きだ。そのまんまのあかりでいいから、俺の傍にいてほしい」

　想いを込めた告白を聞いたあかりが、潤んだ瞳でこちらを見つめてきた。

　言葉はなくとも心情が如実に表れたその態度に、飴屋は彼女の返事を聞かないまま小さく笑う。

「さて、帰るか」

先に岩から立ち上がった飴屋は、尻についた砂を両手で払う。そして彼女を振り返り、「ほら」と手を差し伸べた。

あかりはしばし躊躇うようにこちらを見つめていたものの、やがて差し出した手を無言で握ってきた。細い指の感触とぬくもりに、飴屋の中に深い感慨がこみ上げる。

（……ああ、やっと）

――やっと自分のところに、戻ってきた。

手だけではなく、心まで引き寄せたのを実感しながら、飴屋は彼女と手を繋《つな》いで車まで戻る。

約二十分の距離を走るあいだ、車内の二人は終始無言だった。やがて飴屋が車を自宅の敷地に乗り入れ、右側の定位置に停めると、助手席のあかりが自身のシートベルトをカチリと外す。

顔を上げた彼女と、ふいに視線が合った。その瞬間、飴屋は吸い寄せられるようにあかりに口づけていた。

「――……」

一ヵ月ぶりに交わしたキスは、意外にも静かだった。

飢えたように貪るでもなく、ただ表面にそっと触れただけなのに、重いものが喉元までせり上がってきて、今にも想いが溢《あふ》れそうになる。

飴屋は間近で彼女を見つめ、ささやいた。

「……あかりに触りたい」

「…………」

「抱きたい——もう一分だって我慢できない」

言葉にすれば、いっそうその気持ちが強まる。

まだ躊躇いを残した瞳を揺らし、あかりが飴屋を見つめてきた。縋《すが》るようなその眼差しは言葉より雄弁で、飴屋は車を降りると、彼女の腕を引いてそのまま自宅に連れ込んだ。

第五章

あかりの腕を引いた飴屋が、玄関の鍵を開けて自宅に上がる。

階段を上って二階の彼の私室に入った途端、飴屋の長い腕が腰に回り、あかりは強く身体を引き寄せられていた。

「……っん……」

耳元をつかまれ、噛《か》みつくように口づけられる。

先ほどとは打って変わってキスは最初から深く、押し入ってきた舌に探られたあかりの喉からくぐもった声が漏れた。

「ふ……っ」

息継ぎさえ奪われ、酸欠で頭がクラクラする。

耳元をつかんでいた手がするりと首筋を撫《な》で、そんな些細《ささい》な感触で肌が粟立《あわだ》った。彼の布団は相変わらずの万年床で、起き抜けの乱れたままになっており、窓のカーテンも閉まっている。

それでも午前中の室内は充分明るく、こんな時間に抱き合うことにあかりは羞恥をおぼえた。

布団の上に腰を下ろした飴屋が、あかりの身体を引き寄せる。胸元に顔を埋められ、背中を抱く腕の強さに吐息を漏らしながら、あかりは胸の鼓動の速さにいたたまれなさを噛みしめた。

(どうしよう。悠介とこういうことをするのが久しぶりだから、すごく緊張する……)

「あ……っ」

ふいに服の下にもぐり込んだ手が素肌に触れ、脇腹から背中を撫でる。

大きな手は乾いていて、撫でられるとじんわりとそこが熱を持つのがわかった。ブラのホックが外されて締めつけが一気に緩み、服をまくり上げた彼が零れ出た胸の先端を舐《な》めてくる。

「……っ……ぁ……っ」

濡《ぬ》れた舌の感触に、身体がビクリとこわばる。

吸い上げられると皮膚の下から淫靡《いんび》な疼《うず》きが湧き起こってきて、あかりは飴屋の肩をつかむ手に力を込めた。

「は……っ、あっ、……ゃ……っ」

先端を舐めていた舌先が、芯を持って尖《とが》った頂を押し潰す。

そうかと思うと吸い上げられて、もどかしい快感にあかりの呼吸が乱れた。胸を愛撫《あいぶ》しながら飴屋があかりの頭から器用に服を抜き去り、畳の上に放る。ブラも外され、あっという間に無防備になった肌に口づけながら、彼がつぶやいた。

「――あかりの匂いがする」

「えっ」

ふいにそんなことを言われ、ドキリとしたあかりは、狼狽《ろうばい》しつつ問いかける。

「に、においって、もしかして汗臭いとか？」

確かに朝、シャワーを浴びたあとに掃除をしたため、多少の汗をかいたかもしれない。

そんなふうに考えていると、飴屋が笑って答えた。

「いや、甘い花みたいな匂い。同じボディソープを使ってるのに、何でだろうな」

あかりの素肌を唇で辿《たど》りつつ、彼が言葉を続けた。

「いつも近くに寄るとこの匂いがして、そのたびに抱きたくなって困った。無防備に色っぽいうなじとか晒《さら》してるし、我ながらよく一ヵ月も我慢できたと思うよ」

冗談めかして「もう限界だったけど」と付け足され、あかりは恥ずかしくなって視線をそらす。

飴屋の言う〝匂い〟とは、おそらくシャワーのあとに使っている保湿のボディミルクの香りだろう。そこまで匂いはきつくはなく、うんと近くに来ないかぎり気づかないと思うが、彼はずいぶんと鼻がいいらしい。

「……この部屋」

「ん？」

「この部屋は、悠介の匂いがする」

飴屋の匂いはやはり私室が一番強く、あかりは先ほどからドキドキしっ放しだ。すると
それを聞いた彼が、噴き出して言う。

「シーツとかたいして洗濯してないから、汗臭いかもな」

「ううん、そういうのじゃなくって」

もし飴屋の匂いを嗅ぐだけで自分の中の快楽のスイッチが入るのだと言ったら、彼は一体どんな顔をするだろう。それこそ同じボディソープを使っているのに不思議だと考える
あかりの目の前で、飴屋が突然Tシャツを脱ぎ捨てた。

途端に現れた均整の取れた身体に、ドキリとする。ストイックなラインの上腕にあかりが指先で触れると、彼はくすぐったそうに笑いつつその手を握った。

そして自身の胸に触れさせたものの、思ったより速い鼓動にあかりは驚く。

「もしかして、ドキドキしてる？」

「うん。……みっともないだろ」

久しぶりの触れ合いに胸を高鳴らせているのは、自分だけではない——そう思うとますます目の前の男に対するいとおしさが増して、あかりの胸がきゅうっとした。

布団に押し倒され、自分より体温の高い身体が覆い被さってくる。その重さと肌の感触が懐かしく、ため息が漏れた。

こめかみにキスをした飴屋の唇が耳の後ろから首筋を辿り、思わず首をすくめた途端、

彼がひそやかに笑った。

「やっぱこのへん弱いな」

「ぁ……っ……」

耳殻を舌でなぞり、中まで舐められて、ゾクゾクとした感覚が背すじを駆け上がる。

声を出すのが嫌でぐっとこらえると、彼の指がそれを緩めるかのように唇の表面をなぞった。やがて飴屋の指が歯列を割り、口腔《こうこう》に押し入ってくる。

「ふっ……ん、ぁっ……」

硬い指で舌を撫でられ、あかりの息が上がる。

少し苦しいのにそれがよくて、遠慮がちに舌を絡めると彼の指先がピクリと震えた。溢《あふ》れた唾液が指を濡らすのが淫靡で、身体の奥までトロトロと潤んでいく気がする。

あかりの反応に煽《あお》られたのか、指を引き抜いた飴屋が深く口づけてきた。

「ん……っ」

舌先を緩やかに絡められ、指より柔らかいそれをあかりはそっと舐め返す。互いに夢中になり、熱っぽく吐息を交ぜ合った。

「はぁっ……ぁ……っ」

キスが甘くて、どこもかしこも溶けていくような気がする。

彼はこちらの目元やこめかみにもキスを落とす一方、スカートをまくり上げつつ手のひらで太ももを撫でた。

クロッチ部分をずらし、下着の中に入り込んだ手がすぐに潤んだ蜜口に触れて、あかりはビクリとして彼の肩をつかむ。

「……っ、ぁっ……！」

花弁をなぞられ、くちゅりと濡れた音が響いた。

思わず脚を閉じようとしたものの、飴屋の身体があってそれは叶《かな》わず、羞恥にぐっと唇を噛む。するとと飴屋が、吐息交じりの声でささやいた。

「すごいな。もうトロトロだ」

「……っ」

彼の指が花弁を割り、愛液のぬめりを纏《まと》いながら蜜口と花芯を撫でる。

甘い快感に身体を震わせた瞬間、すぐに中に指を挿れられて、あかりは息を詰めた。じわじわと隘路《あいろ》に埋められていくのを感じ、内部が収縮する。

「あ……っ」

身体の内側をなぞられる感触に、快感がこみ上げる。

何度か抜き差ししながら奥を目指した指が敏感な部分に触れ、声を上げた。愛液がどんどんにじみ出し、指を動かされるたびに聞こえる水音が大きくなっていく。挿れられる本数を増やされ、中を掻《か》き回す動きに、じわりと身体が汗ばんだ。

「はぁっ……あ、ぅっ……んっ」

指を受け入れたところがとめどなく潤み、滴るほど蜜を溢れさせている。

飴屋があやすようにこめかみにキスをし、ささやいた。

「本当は全部舐めてやりたいけど、今は余裕がなくて無理だ。――あとで嫌ってほどするから」

中から指を引き抜いた彼があかりのスカートと下着を脱がせ、壁際の棚に手を伸ばして引き出しから避妊具を取り出す。

飴屋の言葉を聞いたあかりは、何ともいえない気持ちで視線をそらした。こちらは舐めてほしいとはまったく思っていないのに、「あとでする」などと言われると、どんな顔をしていいかわからない。

広げた脚の間に再び身体を割り込ませられて、あかりはにわかに緊張する。こうして彼と抱き合うのが久しぶりで、しかも時刻はまだ午前中だ。昼の明るさの中で何もかも見られていることに、ひどく落ち着かない気持ちになっていた。

するとそれに気づいたらしい飴屋が目元を緩め、あかりの髪に唇を押しつけてささやいた。

「可愛い。――愛してるよ」

「……っ」

不意打ちのように告げられた甘い言葉に、心をつかまれていた。

そんなふうに言ってもらえる資格はないという思いと、それでも彼が気持ちを口にしてくれる安堵《あんど》、そして自分の中の抑えがたいほどの飴屋へのいとしさがない交ぜとなり、今にも溢れ出しそうになった。

(考えてみれば、悠介はいつだってそうかも。言葉を惜しんでいたわたしと違って、いつも気持ちを態度に出して甘やかしてくれる)

誰にも頼らないのが当たり前だったのに、彼の優しさに慣らされ、気づけば一人で立っていられなくなっている。こんなに弱い自分は嫌だと思う反面、つい全部を預けたくなってしまう。

飴屋と交際するのがはたして正しいことなのか、あかりにはわからない。過去の自分の行動に対する罪の意識は依然としてあるものの、それでも誰かに許されたいと願う気持ちが心の奥底に確かにあったのだろう。

無自覚だったその思いに手を差し伸べてくれたのが彼で、今のあかりはそんな飴屋への愛情で胸がいっぱいになっていた。

「ん……っ」

膝を押され、押し入ってくるものの大きさに息を詰めた。

濡れた蜜口に先端がめり込み、重い質感のものがじりじりと隘路を押し広げて、わずかな苦しさを感じて声が漏れる。

「……はぁっ……あっ、……ぁ……っ」

息を吐いて圧迫感を逃がしながらあかりが彼の腕に触れると、その手をつかんで手のひらに口づけられた。

自身を奥まで埋めた飴屋が上体を倒し、片方の腕で深く抱き込んできて、密着する肌の感触にあかりはため息を漏らす。体内でドクドクと息づく彼の熱を感じ、どこもかしこも埋め尽くされる感覚に、ふいに泣きたい気持ちがこみ上げた。

（……ああ、わたし、この人が好き）

本当はずっとこんなふうに飴屋を感じたくて、仕方がなかった。

一ヵ月間、焦がれるような想いでいたのは自分のほうだ。諦めなくてはならないという考えとは裏腹に、この腕と体温への恋しさを消せずにいた。何食わぬ顔をして日々を過ごしながら、どうしても消せない彼への想いを自覚していた。

「……んっ、ぁっ」

硬い切っ先に奥を突き上げられて、思わず声が漏れる。

苦しかったのは最初だけで、すぐに馴染《なじ》んだ内部はトロトロと潤み、屹立を断続的に締めつけた。すると飴屋が、苦笑いしてつぶやく。

「ヤバいな、これ。全然保《も》たないかも」

「はっ……あ、っ」

根元まで屹立を埋めたまま揺すり上げられると、先端がいいところに当たり、中がビクビクとわななく。

肌が汗ばみ、呼吸が乱れる様まで見られていることが急に恥ずかしくなった。次第に荒っぽく奥を突き上げられても、そんな動きにすら感じてしまい、声を我慢できなくなる。

「はぁっ……んっ、あ……っ」

ひときわ奥を突かれて達しそうになった瞬間、腰を引かれて物足りなさをおぼえる。だがすぐにまた剛直を奥まで埋められ、ゾクゾクと快感が走った。

そんなあかりの様子を、彼が熱を孕《はら》んだ眼差しで見ている。欲情がにじんだ目は常にないもので、恥ずかしさをおぼえるのと同時にいとおしさが募った。

飴屋が上体をずらし、胸をつかんで先端を吸い上げてくる。舌先で押し潰し、ときおりやんわりと甘噛みされる感触にビクッと身体が震えて、一分の隙もないほどに密着した内壁が楔《くさび》の形をまざまざと伝えてきた。

胸への愛撫を続けつつ、彼が緩やかな律動を送り込んでくる。決して激しい動きではないのに甘ったるい愉悦がこみ上げ、あかりは次第に快感に追い詰められた。

「んっ……ぅっ……ぁ……っ」

わななく内部の動きで感じるところがわかるのか、胸から唇を離した彼が膝をつかみ、執拗《しつよう》にそこばかり狙って抉《えぐ》ってくる。

「……っ、あっ……やっ……！」

「……ここ？」

「んん……っ」

昼間なのに恥ずかしいくらいに乱れている自分を持て余し、あかりは手元のシーツを引き寄せる。

濡れそぼった柔襞が些細な刺激にも反応し、屹立《きつりつ》にきつく絡みついた。すると熱い息を吐いた飴屋が、どこか悔しそうな顔でつぶやく。

「はあ、やっぱ駄目だ……全然保たないな」

「んぁっ……！」

我慢するのをやめた彼が、一気に律動を激しくしてくる。

繰り返し昂《たかぶ》りを奥まで挿れられ、嵐のような快感に翻弄されながら、あかりは目の前の飴屋に強くしがみついた。快感のレベルを引き上げられ、何も考えられない。ただ自分の中を行き来する硬さを意識し、律動のリズムで声を上げると、ふいに唇を塞がれる。

「んんー……っ」

押し入ってきた彼の舌が口腔《こうこう》を荒々しく蹂躙《じゅうりん》し、くぐもった声を漏らす。

舌同士を絡ませ、上顎をくすぐられたり喉奥まで探られるのは苦しいのに気持ちよく、あかりは涙目で飴屋を見つめた。すると彼も間近で見つめ返してきて、口づけが次第に熱を帯びていく。

「ふっ……ぅっ、……ぁ……っ」

蒸れた吐息を交ぜ、どこもかしこも埋め尽くされる感覚に耽溺《たんでき》する。

屹立をビクビクと締めつける動きが止まらず、今にもパチンと弾けそうなほどに快感が高まっていくのを感じた。

キスを解いた飴屋がかすかに顔を歪め、律動を速めていく。果てを目指す動きは激しく、

何度か深く奥を穿《うが》たれるとビクッと中が震えて、あかりは背をしならせて達した。

「あ……っ！」

ほぼ同時に彼も息を詰め、薄い膜越しに熱を放たれるのを感じる。

柔襞が、啜《すす》るような動きで幹に絡みついていた。快感が全身に伝播《でんぱ》していく感覚を味わいつつ、あかりは荒い息をつく。

「はぁっ……」

こちらを見下ろしてくる飴屋も息を乱していて、それを見ると言葉にできないほどのいとおしさがこみ上げた。

早鐘のごとく鳴る心臓の鼓動を持て余しながら、あかりは腕を伸ばし、汗に濡れた恋人の身体を強く抱きしめた。


少し開けられた窓から吹き込んだ風が、カーテンをかすかに揺らす。

日差しが強いせいか部屋の中の気温が上がってきていて、わずかな風では涼しさを感じなかった。

「……暑い」

そうつぶやいた飴屋が腕を伸ばし、扇風機を点ける。

再度布団に横たわった彼が、あかりの身体を引き寄せて腕の中に抱き込んだ。飴屋の汗ばんだ胸に顔を埋めたあかりは、その体温と匂いに安堵する。

一度では満足しなかった彼に立て続けに抱かれ、身体はクタクタに疲れていて、指を動かすのも億劫《おっくう》だった。汗が引き始めた肌を飴屋の手が撫でるのを感じ、あかりは吐息を漏らす。

腰から背中を撫で上げる手のひらの感触が心地よく、じわじわと眠気がこみ上げてきていた。背中を撫で上げた彼の手のひらが後頭部の髪を掻き混ぜ、こちらの顔を上向かせて唇を塞いでくる。

「……んっ……」

舌先を緩く舐める甘いキスに、心がじんと疼く。ようやく気が済んだのか、唇を離した飴屋が問いかけてきた。

「疲れた？」

「……うん」

「俺はまだ、全然足りないけど」

思いがけない発言に、あかりは驚いて彼を見つめる。

あんなにしたのに、まだ足りないというのだろうか。一度達したせいか、二度目の飴屋は執拗に長かった。おかげで外はすっかり日が高くなり、時刻は昼近くなっていて、気温もかなり上がっているのを感じる。

（朝から抱き合っちゃったけど、一度家に戻らないと。メールのチェックもしなきゃいけ

ないし）

そう考え、あかりが口を開きかけた瞬間、飴屋が笑って言う。

「――あの日、『これで最後だ』って言ったときのことだけど」

「えっ？」

「あかりの身体を忘れないように抱き溜めたつもりだったのに、全然駄目だった。この一ヵ月間、かえって何度も思い出して、自分の腕の中でどんなふうに乱れたかとか、どんな声を上げたかとか、そんなことばっかり繰り返し考えてた」

赤裸々な飴屋の言葉に、あかりはじわりと恥ずかしさをおぼえる。

自分が何度も思い出していたように、彼もあの夜を思い返していたと思うと、途端に落ち着かない気持ちになった。

（全然そんなふうには見えなかったのに……）

「でも、あかりが〝隣人〟でいたいっていう態度を見せたから、繋《つな》がりを断ち切らないためにはそれにつきあってやるしかないんだろうなって思ってた。実際はかなり余裕がなくて、煙草ばっかり吸ってたけど」

「煙草……」

「口寂しい」と言って吸っていた煙草は、確かに最近本数が増えていた。

長いことやめていたという煙草に手を出した裏にはそんな事情があったのだと考えると、あかりの中に申し訳ない気持ちがこみ上げる。

「ごめんね」

「謝らなくていいよ」

飴屋が笑い、あかりの乱れた髪を撫でる。

「さっきも言ったとおり、俺はあかりが思ってるほど優しくもないし、辛抱強い男でもないんだ。表向きは納得したようなふりをしながら別れたつもりはなかったし、逃がす気も全然なかったんだから」

執着を示すような言い方をされて、あかりの心がきゅうっとする。

いつも穏やかな飴屋が涼しい顔の下にそんな熱情を押し隠し、ましてやそれがずっと自分に向けられていたのだと思うと、じわじわとこみ上げる感情があった。

（……うれしい）

飴屋が自分を好きでいてくれるという事実が、うれしい。

彼と別れてからのあかりは、この先は誰も好きにならずにひっそりと暮らしていくのだと思っていた。それなのに飴屋と再び気持ちが通い合ったことに、不思議な気持ちになる。

そのときふと改まった様子で、飴屋が言った。

「謝らなくていいから、ひとつ頼みがあるんだ」

「何？」

意味深な感じで切り出され、あかりはドキリとする。すると彼が少し躊躇うような沈黙のあと、一言言った。

「――あかりの言葉が欲しい」

飴屋の言葉の意味を理解した瞬間、胸がぎゅっと強く締めつけられる。

これまで彼に一方的に許されるだけで、あかりは彼に対する気持ちをまったく口にしていなかった。それが飴屋にとってどんなにもどかしいことだったかと思うと、自分の身勝手さを今さらのように思い知らされる。

本当はまだ、迷いは振りきれていない。自分が彼の傍にいるのはふさわしくないかもしれない、おこがましいかもしれないという気持ちが心の中にあって、差し伸べられた手を素直に取れる心境ではなかった。

(でも……)

こうして飴屋の言葉を聞くと、言葉を惜しんでいる自分が卑怯《ひきょう》に思える。

真摯に愛情を向けてくれる彼に、同じくらい自分も想っていることを伝えたくなった。

「――好き」

あかりは彼の目を見つめ、はっきりと告げた。

「悠介が好き。何度諦めようとしても、どうしても無理だった。そんな資格はないのに、『終わりにしたい』ってわたしのほうから言い出したくせに、悠介がいつか他の誰かとつきあって結婚するかもしれないっていう今後を想像して、苦しくなってた」

自身の諦めの悪さを噛みしめながら、あかりは飴屋への想いを吐露する。

「本当は希代ちゃんにも、すごく嫉妬してたの。自分にそんなふうに考える権利はないってわかってるのに、悠介の傍にいるのを見るたび嫌で仕方がなかった。必死で普通の顔をしながら、本当は心を乱して、ものすごくドロドロしてた」

話しているうちに気持ちが高ぶり、あかりは「ごめんなさい」とつぶやきながら涙を零した。

「本当はただの隣人でいようと思ってたのに……気づいたら好きになってた。別れる前も、別れてるあいだも、ずっとずっと悠介のことだけが――」

「うん」

彼が頷き、大きな手であかりの頭をつかむと自分の胸に押しつけながら言った。

「もういい。……それ以上言われると、ほんとに抱き潰したくなって困る」

冗談か本気かわからない口調の飴屋は、ひょっとして照れているのだろうか。

そっと視線を上げた途端、ばつの悪そうな表情の彼と目が合い、予想していたとおりだったのだとわかる。飴屋がじっとこちらを見下ろし、ボソリと言った。

「あかりの気持ちがわからなくて悶々《もんもん》としてたけど、実際言われると駄目だ。……照れ臭いな」

ようやく笑顔になって「でもうれしい」と言う彼を見つめ、あかりの心が疼く。

飴屋が本当に自分の気持ちを知りたがっていたのだと思うと、申し訳なさがこみ上げていた。

（わたしはいつも自分のことしか考えていなくて、くよくよと立ち止まってばかりいるけ

ど、悠介はいつも辛抱強く待っていてくれる。……ほんとに六歳下だとは思えない）

飴屋が苛立ちやもどかしさをもっと表に出すような性格だったら、あかりはきっとここまで好きになっていなかったに違いない。

いつだって穏やかに揺るぎなく傍にいてくれるからこそ、寄りかかっても大丈夫だと安心することができる。

想いを自覚した途端、とめどなく溢れ出す感情に苦しくなったあかりは、目の前の彼を抱きしめる腕に力を込める。するとこちらの髪を掻き混ぜ、しばらく考え込むように黙っていた彼が、ふいに口を開いた。

「――流れ的には、ここでもう一回ヤるところだろうけど」

「えっ」

「残念ながら、ちょっとスタミナ切れだ。昨夜から何も食ってなくて、このままだと腹が減って死ぬ」

予想外の言葉に驚き、あかりはまじまじと飴屋の顔を見つめる。

確かにこの流れでもう一度抱き合うのはやぶさかではなく、正直肩透かしを食った気がしたが、飴屋があまりにも残念そうに言うためつい笑いがこみ上げた。

どこか張り詰めていた空気が緩み、互いに顔を見合わせて噴き出しながら言う。

「今、何時？」

「もう昼だ」

「うちで何か作ろっか」

「いや、どっかに食いに行こう。たまにはデートっぽく」

思いがけないことを言われて、あかりは「デート？」と眉を上げる。

かつてはつきあっていたはずなのに、そんな普通のカップルのようなことは一度もしたことがなかった。彼が頷き、言葉を続けた。

「って言っても、この辺りで飯が食えるところは蕎麦《そば》屋くらいしかないけどな。何しろ田舎だし」

言われてみれば近場の飲食店は、商店街の中に古い蕎麦屋が一軒と夜から営業する居酒屋くらいしかない。

飴屋は申し訳なさそうに言うものの、あかりは〝デート〟という言葉にじわじわとうれしさを感じていた。布団から起き上がり、急いで畳の上に散らかった衣服を拾う。そんな様子を見て、彼が笑った。

「初デートが、田舎の蕎麦屋でごめんな」

「ううん。一緒に出掛けるの、すごくうれしい」

以前はあれほど飴屋と一緒にいるところを、集落の人に見られてはいけないと考えていたのに、こんなふうに喜ぶのはかなり現金だろうか。

そう思いながらあかりはいそいそと身支度を整え、乱れた髪を手櫛《てぐし》で直す。

「髪、変じゃない？」

そう言って振り返った途端、まだ布団の上でデニムしか身につけていなかった飴屋に、突然身体を引き寄せられる。

驚いて息をのむあかりを、彼は想いを込めるように強く抱きしめた。痛いくらいの力に思わず吐息を漏らすと、耳元でささやかれる。

「——好きだ」

思いの丈を込めた声に、胸がじんと震える。

飴屋に再びこう言ってもらえる幸せを感じながら、あかりは顔を上げて応えた。

「わたしも、好き……」

ようやく素直に認められるようになった自分の想いを、胸の中に大切に抱きしめる。

触れたい衝動のまま愛してやまない恋人に顔を寄せ、あかりは自分からそっと口づけた。

第六章

今年は早い時季から気温が高くなり、暑い日が長く続いていたものの、この二、三日は涼しさを感じる。

三十度超えに慣れていた身体には、湿度がない二十六度はかなり過ごしやすかった。季節は確実に秋へと移り変わっているのだと考えながら、買い物帰りのあかりは自転車を漕《こ》いで風に吹かれる。

自宅に到着し、買ってきた食材をしまったあと、郵便物をチェックした。不要なものをシュレッダーにかけたあかりは、サンダルを突っかけて隣の飴屋の家を訪れる。

開けっ放しの玄関から中を覗《のぞ》き込むと、彼は平机に向かって仕事をしているところだった。広げた裁断済みの生地に扇風機で風を当てながら作業していた飴屋は、ふいに手を止め、肩が凝ったのか首を回す。

そこで戸口にいるあかりに気づき、声をかけてきた。

「帰ってたのか。おかえり」

「ただいま。入っていい？」

「うん、もちろん」

あかりは縁台でサンダルを脱ぎ、作業場となっている住居部分に上がる。カーテンと窓を開け放している家の中は爽やかな風が通り、涼しかった。机を覗き込むと、生地に引かれた青花のラインの上をゴム糊《のり》でなぞる作業中だったのがわかる。

扇風機は生地に向かって弱めの風を送っていて、ゴムを早く乾かそうとしていたようだった。

「これって、糸目引き?」

「うん。今回は色糸目で」

彼は現在、来月の末にある合同展示会の準備で忙しい。

既存の作品をメインに出す予定だというが、新作も何点か作ることにしたらしく、連日
夜遅くまで作業する日が続いていた。

今やっている仕事は小紋で、地色を梔子《クチナシ》に染め、そこに淡い茶色や鉛丹《えんたん》、若苗色《わかなえいろ》の線で
鳥の羽にも似た大王松の模様を散らした意匠にするという。

「色糸目って?」

「ゴム糊自体に色をつけて、それで直接生地に文様を挿していくんだ。普段は柄の輪郭を
白くしたくないときにやるんだけど、今回は糸目自体が文様になる」

言いながら手を止めた飴屋が立ち上がり、土間に下りた。

いろいろな作業を平行してやっている彼は、台所のガスコンロにかけた鍋の様子を見て

いる。ホーローの大きな鍋の中では染料のログウッドが煮出されている最中で、これが黒染めなどに使う〝ヘマチン〟になるのだと語った。

説明するときの飴屋は職人の顔をしていて、そんな彼を前にするたびあかりはドキドキする。仕事中の彼はどこかストイックで、その表情を見るのも、手元を見るのも、ずっと眺めていたいくらいに好きだった。

「ちょっと休憩するか」

飴屋はそう言ってキッチンタイマーの残り時間を確認し、土間の冷蔵庫から缶コーヒーを取り出した。

あかりにはお茶のペットボトルを手渡してくれ、二人で外に出て玄関横のベンチに座る。お茶を一口飲んだあかりは、彼に問いかけた。

「仕事、最近大変そうだけど大丈夫？」

「うん、いろいろやってるけど、今の色糸目がな。先に描いた線が乾かないうちに新しいのを重ねると崩れるから、乾き具合を見ながら作業するのが結構骨が折れる。まあ、仕方がないんだけど」

普通のゴム糊ならすぐに乾くものの、色ゴム糊は染料を混ぜる際に油分が入るため、いつまでも乾きづらく作業がはかどらないらしい。

飴屋が煙草を咥《くわ》え、慣れたしぐさで火を点けた。すっかり癖になってやめられなくなったという煙草は、疲れてくると余計に本数が増えるようだ。

連日忙しくしているのを知っているあかりは、彼の身体が心配になった。

「展示会、そんなにたくさん作品を出すの？」

「既存の在庫をメインにして新作を何点かで、それなりの数になる。今回は結構広いギャラリーで、俺を含めた五人でやるものなんだ。それぞれのブースに分かれてレイアウトするから、あまり他との兼ね合いは考えなくて済むけど、毎回足を運んでくれるお客さんもいて、そういう人たちのことを考えるとやっぱり新しいものは何か出したいし」

飴屋は数ヵ月に一度の割合で、大小さまざまな展示会に参加したりどこかの店のスペースを借りて個展をやっているのだという。

そのたびに新しい作品を作ったり、合間にオーダーの仕事を請けたりもするため、多忙らしい。

「作品も、どんどん売れてくれればいいんだけどな。ずっと在庫として残ってるのもある。山水画の屏風《びょうぶ》とか」

「あの屏風、すごくきれいなのにずっと残ってるの？」

「見た人にはいつも褒められるよ。でも普通の家にはなかなか置かないもんだろ、屏風って」

「だから売れないいんだ」と言って、飴屋が笑う。

もっぱら展示会場のオブジェになっているという屏風は、見事な山水画が描かれたもので、初めて見たときあかりはその素晴らしさにため息を漏らした。

だが確かに見栄えはするものの、普通の家庭のインテリアに合うかというと難しいかもしれない。かなり大きなもので、よほど格調高い和室などでなければしっくりとはこなさそうだ。

「自分の作りたいものが売れるかというと、そうでもない。展示会も、準備が大変だしいつも盛況なわけじゃないけど、売るためにはできるだけやったほうがいいし」

灰皿代わりの大きな空き缶に灰を落としながら、彼はそんなふうに仕事のことを語る。

「コストの問題も頭が痛い。諸々の経費や材料の仕入れも考えなきゃいけないから、この商売もなかなか大変なんだ」

経済的に困窮して廃業してしまう同業者も多く、たまに一緒に展示会をやる仲間もそれぞれ苦労しているらしい。

そう語る一方で飴屋の態度には仕事への愛情が垣間見え、疲れていてもいつもどこか楽しそうに見えた。芸術家という人種は、やはりモノを作り出していく過程が好きなのかもしれない――あかりがそんなふうに考えていると、ふいに彼のスマートフォンのバイブが鳴った。

飴屋が手に取ってディスプレイを確認し、あかりは彼から視線をそらす。こんなふうにときおり飴屋のスマートフォンが鳴ると、ついモヤモヤして考えなくていいことを考えてしまっていた。

（……悠介、今も希代ちゃんと連絡を取り合っているのかな）

彼と再びつきあうことになって、今日で三日が経つ。

先日の飲み会で飴屋と希代がアドレスの交換をしていた件は、今もあかりの心に抜けない棘《とげ》のように刺さっていた。

彼の気持ちを疑うわけではなく、気になるなら直接聞けばいい。そう思うのにどう切り出していいかわからず、なかなか踏ん切りがつかなかった。

（さらっと聞けばいいのに、全然タイミングがつかめない。……わたしが嫉妬するなんておこがましいっていうのもあるし）

先ほどのバイブはメールだったらしく、飴屋は煙草を咥えたまま返信をしている。

相手が誰かとも聞けず、あかりは落ち着かない気持ちで自身のサンダルのつま先を見つめた。

そのとき往来から白い軽トラックが入ってきて、視線を上げた彼が「うるさいのが来たな」とつぶやく。この近所に広大な畑がある健司は、いつもこのくらいの時間に一服しに飴屋の家を訪れていた。

彼に隣り合って座っているのを見られるのが気まずく、あかりはさりげなく立ち上がって飴屋と距離を置こうとする。すると彼が、突然こちらの手首をつかんで言った。

「いいよ、離れなくて」

「えっ」

「別に見られて困るもんじゃないだろ」

「で、でも」

家の前に停車したトラックから、健司が降りてくる。

腕をつかまれたまま何やら言い合っているあかりと飴屋を見つめ、彼が不思議そうな顔で問いかけてきた。

「何やってんの？」

「えっと、あの……」

焦っているうちに強引に腕を引かれ、あかりはストンと飴屋の横に腰を下ろす。

健司の驚きの視線を痛いほど感じ、じわじわと顔が赤らんでいくのがわかった。相変わらずスマートフォンをいじっているポーカーフェイスの飴屋とあかりを見つめ、やがて健司が「ええっ？」と頓狂な声を上げる。

「何、ひょっとしてつきあっちゃってんの、二人。マジで？」

「あ、あの」

「何だよあかりさん、このあいだは『全然そんなんじゃない』って言ってたじゃん！」

「…………」

健司の言葉を聞いた飴屋が顔を上げ、チラリとこちらを見る。

その視線を感じながら、あかりはいたたまれない思いでうつむいた。思わぬことを暴露されて焦りに似た気持ちがこみ上げ、頭の中で言い訳がグルグルと渦巻く。

（確かにそう言ったけど、どうしてこのタイミングでばらすの？　あのときは悠介と別れ

てたから、嘘《うそ》じゃないし）

「あと何だっけ、『希代がベタベタしても全然構わない』とか、『二人は年齢的にもお似合い』とか言ってたよな。悠介くんにはまったく興味ありませんって顔してたのに、一体何がどうなってんだよ」

　先日の飲み会のときの会話をすべて暴露され、飴屋の反応が気になったあかりはますます身の置き所のない気持ちでうつむく。

　健司に対してそんな発言をしたのは、自分の気持ちを悟られたくなかったからだ。別れたあとも飴屋に対する想いは依然としてあったものの、第三者に茶化されたくなくてわざと気のない返答をした。

　だがこうして思いがけないタイミングで暴露されると、罪悪感が募って仕方がない。

　するとそれまで黙っていた飴屋が、メールの返信が終わったのかスマートフォンを一旦閉じた。そして顔を上げ、健司に向かってさらりと告げる。

「俺とあかりの仲ならお前の想像どおりだから、これからは馴《な》れ馴《な》れしくするの禁止な」

「へっ？　一体いつから、何がどうなってつきあってんの？」

「どうだっていいだろ。あと健司、お前のスマホに入ってるあかりのアドレスと電話番号を消しとけ」

　健司は飴屋の言葉に一瞬きょとんとし、すぐに爆笑した。

「マジで？　クールな顔して牽制《けんせい》してくるとか、すんげー意外なんですけど！」

「うるさい。早く消せよ」

ゲラゲラと笑い続ける健司と、飴屋の顔を見ることができない気まずさを持て余し、あかりは突然ベンチから立ち上がって言った。

「ごめんなさい。わたし、仕事があるから帰る」

驚いた様子の二人の顔を見ないようにしながら、あかりは足早に飴屋の家の敷地を出る。恥ずかしさと何ともいえない居心地の悪さで、あの場に居続けることができなかった。

（ああ、もう。ああいう反応をするのがわかってたから、健司くんには見られたくなかったのに）

自分たちの仲を「隠すことじゃない」と言ってくれた飴屋の気持ちはうれしいが、案の定健司の冷やかしは聞くに堪えなかった。

しかも彼によって暴露された自分の発言を飴屋がどう思ったのか、あかりは気になって仕方がない。

（でも健司くんと話したときは、本当にああいうふうに思ってたんだよね。悠介を「諦めなきゃ」って考えてたから）

あのときのあかりは、飴屋が希代とつきあうことになったら笑って祝福できるようにならなければと考えていた。

実際はまったく割りきれておらず、嫉妬で悶々《もんもん》としていたが、改めて彼にその発言を知られた今はひどく落ち着かない気持ちになっている。

（あ、そうだ）

あかりはふと思いつき、奈緒に飴屋とまたつきあうようになった旨をメッセージで報告する。

健司の口からばれる前にと思ってメッセージを送ったが、彼女からはすぐに興奮気味の「おめでとう」という返信がスタンプつきで返ってきた。

詳しい事情を聞かれたため、「明日にでも、そっちの家に寄って話す」と返信し、あかりは息をつく。

午後の日差しが柔らかくリビングに差し込み、吹き込んでくる風が涼しかった。この数日で一気に秋めいてきたのを感じながら、あかりは仕事部屋に行ってパソコンの電源を入れ、ぼんやりとカーテン越しに外を眺める。

本当は飴屋に希代との仲を聞きたかったのに、ますます聞きづらい状況になってしまった。自分と距離を置いていたあいだ、彼が希代とどんなやり取りをしてどういうつきあいをしていたのか。そして今も連絡を取り合っているのかどうかが気になるものの、いざ飴屋を前にすると聞くのを躊躇《ためら》ってしまう。

彼と再び恋人としてつきあい始めて三日、あかりは自分がどこまで欲しがっていいのかわからずにいた。飴屋に対する遠慮がちな気持ちがまだどこかにあり、理性がブレーキをかける一方、独占欲や希代への嫉妬も確かにあって、あかりはそんな自分を持て余す。

（わたしって、結構欲張りだな。悠介とまたつきあえるようになっただけでも幸せなのに、

いざそうなると希代ちゃんのことが気になるなんて）

飴屋のすべてを、独占したい。そんなふうに自分を貪欲にさせる恋心が、気分を重くしていた。

窓の外は天気がよく、秋晴れの様相を呈している。それを眺め、ワークチェアにもたれながら、あかりは今日何度目かわからないため息をついた。

＊　＊　＊

——仕事があるから、帰る。

突然そんなことを言い出し、気まずい表情のあかりが逃げるように帰っていくのを、飴屋はベンチに座ったまま見送った。

同じように見送っていた健司が、噴き出しながら言う。

「何だ、あかりさんって意外に打たれ弱いな」

「誰のせいだと思ってるんだ」

飴屋が舌打ちし、目の前の健司の足を軽く蹴るふりをすると、彼はのけぞってそれをかわしながら「ごめん、ごめん」と謝ってくる。そしてニヤニヤしながら言葉を続けた。

「しかし二人が、つきあうようになるとはねー」

「…………」

「まあ俺は気づいてたけどさ、二人の親密な空気っていうか、仲よさげなの。これでつきあってないなんて、おかしいなとは思ってた」

それで先ほどの発言なら、やはり健司はわざとあかりをからかっていたらしい。飴屋がジロリと睨《にら》むと、彼はまったく動じずに笑って言った。

「で、希代とはどうなってんの？　飲み会の日、ガチでロックオンされてたじゃん」

「別にどうもなってない。メアドを強引に知られた挙げ句、いきなり家まで来られたりしたけど」

「マジで？　やるなあ、さすが肉食女子」

「されるほうの身になれよ」

それからしばらくあれこれと雑談し、さんざんあかりとの仲を冷やかした健司が帰っていく。

一人になった飴屋は、ベンチに座ったまま彼女の家のほうを見やった。

(俺とは、「全然そんなんじゃない」、か)

先日の飲み会の際、あかりが健司に言ったという発言は、飴屋の心をチクリと刺した。

彼女がどういう心境でそう発言したのかは、だいたい想像がつく。こちらに興味のないふりや「希代とお似合いだ」という言葉は、おそらく〝そうならなくてはいけない〟という思いで口にしたことなのだろう。

それでも感じる一抹の寂しさは、あかりが本当に自分のものになったという実感に乏しいからかもしれない。

（あの日以来、あかりに触ってないもんな。俺が忙しいせいだけど）

再び〝恋人同士〟になって三日が経つものの、飴屋は仕事が立て込んできたせいもあり、夜まで作業している日が多かった。

そんなこちらを気遣ってか、彼女はあまり長時間飴屋と一緒にいようとはしない。顔を見てキスができるだけでも以前に比べたら充分幸せなのだろうが、それでもやはり触れたい、抱きしめたいという欲求が飴屋の中にある。

（駄目だ。今夜こそ、あかりの家に行こう）

そのためには、時間がかかっている色糸目の作業を片づけなければならない。

今までの暑さが嘘のように、今日は爽やかさを感じさせる陽気だった。何としても今日中に終わらせることを決意し、ベンチから立ち上がった飴屋は、引き戸をくぐって自宅に入った。

＊　＊　＊

一日を通してよく晴れた今日は、夕焼けがきれいだ。

昼間、健司によって暴露された過去の自分の発言が気まずく、あかりは飴屋と会ったときにどんな顔をしていいか迷っていた。しかしそうして身構えるこちらとは裏腹に、午後六時半に自宅に現れた彼は至って普通の態度で、あかりは少し拍子抜けした。

一緒に食事をしたあと、シャワーを使った飴屋と入れ違いにあかりが入浴してリビングに戻ると、彼はソファに座ったままうたた寝していた。

日が暮れた時間帯、吹き込む風はだいぶひんやりとしていて、あかりは掃きだし窓を閉める。飴屋が湯冷めしていないか心配になったが、彼はソファの肘掛けに肘をついたまま眠っていて、窓を閉める音でも目を覚まさない。

あかりはソファの横の床に座り、じっとその寝顔を眺めた。

(悠介が寝てるなんて、珍しい。思えば寝顔を見たことって、あんまりないかも)

ここ最近、飴屋は夜遅くまで仕事をしていることが多かった。

穏やかな寝息を立てる様子を見つめながら、あかりは「きっと疲れているんだろうな」と考える。仕事が立て込むと日常生活との境が曖昧になり、なかなか休めないところが自由業の大変な部分だ。

(あ……意外に睫毛《まつげ》が長い)

野性味のある造作は整っていて、惚《ほ》れた欲目かもしれないがいい男だなと思った。

鼻梁《びりょう》が通っていて、伸びてきた前髪が目元に乱れかかっているところに、男らしい色気を感じる。

ずっと眺めていたいくらいだったが、このまま寝かせていていいものだろうか。

(忙しそうだし、このあとも仕事をするなら起こしたほうがいいのかな。どうしよう)

たとえ仕事をしないにしても、どうせ寝るならちゃんとした布団で寝なければ、疲れも取れないに違いない。

そんなことを考えていると、ふいに睫毛が動いて飴屋が目を覚ます。少し斜めになっていた体勢がつらかったのか、彼が顔をしかめながらつぶやいた。

「……ごめん。気づいたら寝てた」

「別に構わないけど、寝るなら自分の家の布団で寝たほうがいいんじゃない？　こういうところで寝ても、きっと疲れは取れないし」

追い出すつもりはないが、身体が心配であかりがそう言うと、飴屋が笑って言った。

「――ここん家のベッドで寝るっていう選択肢はあり？」

不意打ちのような問いかけに驚き、あかりはドキリとしながら答える。

「も、もちろんうちでもいいけど。……悠介がそうしたいなら」

言いながら、頬がかすかに赤らむ。

三日前、〝恋人同士〟に戻った日は一日中抱き合った。昼間から抱き合い、途中蕎麦《そば》屋で初デートをし、帰ってきてまた抱き合って、呆《あき》れるほど互いの身体に溺れた。

しかしその後は彼の仕事が忙しく、キス以外は何もしていない。仕事なのだから仕方がないと思いつつ、あかりは本当は少し寂しかった。

一度溢《あふ》れ出した感情はとめどなく、本音を言えばいつも飴屋に会いたいし触れていたい。だがあかりはそれを理性でぐっと押し留め、いつもどおりの顔で過ごしていた。

こうして彼から申し出てくれたことにうれしさはあるものの、どこか無理をしてるのではないかと感じ、遠慮がちに問いかける。

「でも、仕事のほうは大丈夫なの？」

「今日はもういい。さすがに疲れたし、いい加減あかりに触りたい」

飴屋の言葉に心拍数が上がりながらも、あかりは精一杯何気ない表情で言葉を続ける。

「色糸目、大変だって言ってたのに」

「それはさっき、ようやく終わった」

続けて「もう戸締りもしてきた」と言われ、その周到さにあかりは何ともいえない気持ちになる。

そんな様子を見つめていた彼が、ふと思い出した顔で言った。

「そういえば、昼間の話だけど」

「えっ？」

「健司に、俺とは『全然そんなんじゃない』ってあかりが言ってたってやつ」

内心「やはり気に障ったか」と思いながら、あかりは小さな声で謝る。

「……ごめんなさい。やっぱり怒ってるよね」

「いや。怒ってはいないけど、そんなこと言ってたんだなと思って」

飴屋は笑い、こちらを見つめて言った。

「むしろ、そのあとの発言のほうが気になった。井上さんとは全然何でもないから」

　彼のほうから希代の話題を出されたことに動揺し、あかりは視線を泳がせる。飴屋が言葉を続けた。

「まあ、押せ押せでこられたのは事実だけど。このあいだうちに来たのも、アポなしでいきなりだったし」

「そうなの？」

　彼らが連絡を密に取っていたわけではないことに安堵《あんど》しつつも、あかりは一番聞きたかったことをポロリと口にしてしまった。

「でも、アドレスを交換してたよね」

「……あれか」

　飴屋が渋面になり、アドレスを希代に知られた経緯を説明する。

　飲み会のとき、ずっと隣に座っていた彼女は、彼がスマートフォンのロックを解除したタイミングで「自分と同じ機種だ」と言って強引に取り上げたらしい。

　そして勝手にメール画面を開き、恐るべき速さで自分の携帯に空メールを送って、「悠介くんのメアド、ゲットしちゃった」と言って笑ったそうだ。

　おそらく隣に座ったのはアドレスを手に入れることが目的だったに違いないという飴屋の説明に、あかりは驚いてつぶやいた。

「何か、すごいね」

「うん、止める間もないくらいの速さだった。そのあと向こうからメールが来たけど、すぐにブロックしたよ。俺は彼女と個人的につきあう気はなかったから」

思えば「メールするね」という帰り際の台詞は、わざと自分に聞かせようという希代の牽制だったのかもしれないとあかりは考える。

女の勘で、彼女は飴屋とあかりの関係に気づいていたのかもしれない。郵便局での発言といい、その後の行動といい、あのアグレッシブさは真似できないとあかりは妙に感心してしまった。

彼がため息をついて言葉を続けた。

「急にアポなしで家に来られたときは、本当に参った。突然のことでびっくりしているうちにズカズカ中に入り込んで、仕事道具に何でも触ろうとするし、二階にも勝手に上がろうとするし。やたら至近距離で作業の邪魔をした挙げ句、『帰れ』って言ってもなかなか帰らなくて」

そういえば飲み会のときも、彼女は飴屋の図案用のスケッチブックを開いて見ていた。

あかりがそう言うと、彼は顔をしかめて答えた。

「あれは創作のネタが詰まった大事なものだから、誰にでも見せたいものじゃないんだ。承諾も得ずに人の商売道具に触る人間は、俺は好きになれない」

「…………」

飴屋の言葉を聞いたあかりは、それほど大切なものを自分から見せてくれたことを思い出し、じんわりと面映ゆさをおぼえる。

ふと会話が途切れ、しばし沈黙が満ちた。彼があかりを見つめ、再び口を開く。

「うちに来たとき、井上さんが言ってた。あかりが俺と自分の仲を『応援する』って言ってくれたって」

「えっ……」

「それを聞いたときは、さすがにちょっとへこんだ。あかりにとっての俺はもう終わった相手なのかと思って……俺が彼女と一緒にいるところを見ても、平然としてるし」

希代は郵便局で話したときにあかりから取った言質を、効果的に使ったらしい。

実際に彼女に向かってそう発言したのは確かで、あかりは罪悪感にかられた。

（本当は、まったく平然となんてしてなかったんだけど）

希代に動揺しているところを見せたくないというプライドが、平然とした態度を取らせていただけだ。そう考えながら、あかりは口を開く。

「あの、悠介、わたし……」

「あかりがそう言わなきゃいけなかった理由は、もうわかってる。だから責める気はないよ」

謝ろうとしたのを遮り、飴屋が苦笑して言った。

「その後、彼女に『つきあってほしい』って言われたけど、俺はその気はないってはっきり断った。年齢的にお似合いとか言われても、歳で相手を判断するわけじゃないし、年下だからって魅力は感じない。だからといって、特別年上が好きなわけでもないけど」

「……うん」

「俺はあかりだから好きなんだ。他の女はいらない」

断固とした響きで言われ、あかりの心拍数が上昇する。彼が言葉を続けた。

「でも俺も彼女と一緒にいるところを見せて、あかりにいろいろ誤解させたかもしれない。だから謝るよ、ごめん」

「悠介は悪くないよ。わたしのほうが振り回してばかりなんだから」

ふいに飴屋が腕をつかんで引いてきて、あかりは彼の膝の間に抱き込まれる。

強い腕の力に、思わず吐息が漏れた。洗いざらしの少し湿った髪が首にかかり、彼の身体の大きさを感じた途端、ときめきと安堵がこみ上げて胸がきゅうっとする。

膝立ちの状態のあかりを抱きしめる腕に力を込め、飴屋がため息をついて言った。

「この数日、あかりに触りたくて仕方なかった。なかなか仕事の区切りがつかなくて、でも遅い時間に訪ねて行くのも迷惑かと思って、結局家で寂しく一人寝してたんだ。悶々としながら」

〝悶々〟という言葉に噴き出しながら、あかりは答える。

「別に遅い時間でも、来てくれてよかったのに」

「たとえ恋人でもプライベートは尊重するべきだと思ってるから、許可なく遅い時間に訪問するのは遠慮するよ。でも、本当は毎日だって抱きたい。抱かなくてもあかりを抱えて寝たい」

情熱的な言葉に、心がじわりと熱を孕《はら》む。

寂しいのは自分だけではなかったのだと思うと、目の前の彼がいとおしくてたまらなかった。飴屋の背中を抱き返し、あかりは素直な心情を口にした。

「わたしも、寂しかった」

「あかりはいつも涼しい顔してて、全然そんなふうに見えないけど」

「ううん。悠介が忙しいんだと思って、遠慮してたの。でも本当は、朝も夜も一緒にいたいって思ってる」

「――――」

あかりの言葉を聞いた瞬間、何かのスイッチが入ったように彼を取り巻く雰囲気が変わった。

急に膝の裏に腕を入れられ、お姫様抱っこの要領でひょいと身体を抱え上げられる。ソファから立ち上がり、そのままリビングを出ようとする飴屋の首にしがみついたあかりは、驚きながら問いかけた。

「ちょっ、どうしたの？　重いから下ろして」

「全然重くない。このあいだもこうやって運んだし」

「でも……っ」

話しているうちにあっという間に寝室に着き、飴屋がドアを開ける。

ベッドの上に下ろされ、スプリングで身体がわずかに跳ねた。すぐに覆い被さられて唇を塞がれ、あかりはくぐもった声を漏らす。

「んぅっ……」

押し入ってきた舌にぬるりと口腔《こうこう》を舐《な》められ、身体の力が抜けた。

うっすら目を開けた途端、至近距離で彼の眼差しに合い、それだけでじわりと体温が上がる。キスを深くされ、舌を舐め合って吐息を交ぜて、すぐに粘膜同士を絡ませる行為に夢中になった。

肌を撫《な》で回す大きな手の感触に、あかりは息を乱す。パジャマ代わりの薄いカーディガンとカップ付きのキャミソールをはだけられ、あらわになった肌に口づけを落とされた。触れられるたびにトロトロと身体の奥が溶けていく感じがして、あかりはやるせなく飴屋の身体を挟む膝に力を込める。

彼のTシャツの下に手を忍ばせた途端、熱い肌が触れて手のひらがじんと疼《うず》いた。無駄なく引き締まった手触りに陶然としながら手を這《は》わせると、飴屋が動きを止め、頭から着ていたTシャツを脱ぎ捨てる。

あらわになった男っぽい身体の線に、あかりの中に強烈な欲求がこみ上げた。

（……触りたい）

衝動のまま起き上がり、あかりは彼を押し倒す。

そして驚く飴屋の腰に跨《またが》り、首筋や肩、胸にいくつも口づけを落とした。硬くしっかりとした感触に夢中になり、あらゆるところにキスをすると、彼がくすぐったそうに身じろぎする。

やがて彼の手があかりのキャミソールの下に入り、胸のふくらみを揉《も》みしだいてきた。

「はぁっ……ぁっ」

肌を触り合っているだけなのに心地よく、このままずっと触れていたいような、早くその先に進んでしまいたいような、もどかしい気持ちに心が揺れる。

飴屋の身体の上に跨ったあかりは、腕を伸ばして彼の腰を撫でた。ハーフパンツ越しに兆している硬い熱に触れ、身体をずらして下着ごと引き下ろす。

そしてすっかり充実した屹立《きつりつ》を撫で、口腔に迎え入れると、髪に触れる飴屋の手に力がこもった。

「……っ」

裏筋を舐め、くびれに舌を這わせる動きに、頭上で彼が息を詰める。

自分の愛撫《あいぶ》にますます硬くなるのがいとおしく、あかりは飴屋の昂りを丹念に舐めた。

さらに喉奥まで含み、ひときわ強く先端に吸いついた瞬間、突然屹立を口から引き抜かれて身体を引き寄せられる。

「あ……っ」

腹筋で身体を起こした彼が、ふいに激しく唇を塞いできた。

ねじ込まれた舌に口腔を舐め尽くされ、苦しいくらいのキスにあかりは小さく呻《うめ》く。さんざん貪ったあとでようやく唇を離され、息を乱して目の前の飴屋を見つめると、彼が苦笑いしてつぶやいた。

「危ない。あかりの勢いに負けそうだった」

どうやら達く寸前まで追い詰められたらしく、あかりは内心「出してくれてよかったのに」と考えた。すると飴屋が笑い、あかりの唇を撫でて言う。

「いつもより大胆で、可愛い。こんなあかりも新鮮でいいな」

「悠介に触りたかったから」

「俺もだ」

彼があかりの部屋着をすべて脱がせ、シーツに身体を横たえる。

大きな手が頬から首、肩へと撫で下ろしてきて、その乾いた感触に心地よさを感じた。

あかりは飴屋を見上げ、「悠介」とささやいた。

「ん？」

「もう、して」

〝早く欲しい〟と言外にねだると、あかりの言葉を聞いた彼が微笑み、唇に触れるだけのキスをして答える。

「俺も、あかりが欲しい」

ポケットから避妊具を取り出して自身に装着した飴屋が、あかりの膝をつかんで屹立の先端をあてがい、中に押し入ってくる。

まだ触れられていなかったはずの蜜口はとっくに蕩《とろ》け、剛直を悦んで受け入れた。彼はこちらを気遣い、慎重に腰を進めようとしたものの、あかりは首を振って飴屋の二の腕を強く引く。

「……っ、早く……っ」

「でも」

慎重な動きに焦れたあかりが腰を揺らし、もっと奥へと誘い込もうとすると、ぐっと顔を歪《ゆが》めて舌打ちした彼が一気に昂りを最奥まで押し込んできた。

「あ……っ！」

ゾクゾクとした快感が背筋を駆け上がり、思わず大きな声が出た。

そのまま律動を開始され、あかりは甘い愉悦に声を上げる。体内を行き来する硬さと質量をいとおしく思いながら、自ら飴屋の首を引き寄せて口づけた。

舌を絡ませ合うあいだも律動はやまず、動かれるたびに声が漏れる。

「んっ……ぅっ、……あ……っ」

抱きしめて深く腰を入れられ、圧迫感と心地よさを同時に感じて眩暈《めまい》がした。

硬い熱に絡みつく柔襞が、際限なく潤み出すのがわかる。そんな内部の動きを感じた彼が、耳元で熱い息を漏らした。

「すげー、いい。あかりの中も、声も……全部たまんない」

根元まで埋めたもので最奥を押し上げられると、中がビクビクと痙攣《けいれん》し、今にも達してしまいそうなほどの愉悦を感じた。

飴屋はあかりの体内から自身を引き抜かないまま器用に体位を変え、うつ伏せにさせる。そして腰をつかみ、後ろからより深く楔《くさび》を押し込んできた。

「んぁっ……！」

「きつい……でもこっちのほうが、奥まで挿入るな。ほら」

「ぁっ、やぁっ……！」

ゆっくりと腰を引いたあと、充実したものを根元まで深く埋められて、あかりはシーツをつかんで喘《あえ》ぐ。

いつもより奥まで押し込まれる感覚に怖いくらいの快感がこみ上げ、切羽詰まった声が漏れた。

「あっ……はっ、やっ……ぅっ、ん……っ」

あかりの背中に覆い被さった飴屋が、何度も深く腰を入れてくる。

隘路《あいろ》を拡げ、中をいっぱいにされるのが苦しいのに、それを凌駕《りょうが》するくらいの充足感があった。奥深くまで満たされる感覚に、彼を受け入れたところが際限なく潤んでいく。

(気持ちいい……あ、中、いっぱい……)

あかりが熱っぽい息を吐くと、飴屋は後ろから首筋に舌を這わせながら言った。

「後ろからすると顔が見えないのが残念だけど、あかりをすっぽり抱えられるのがいいな。……あちこち触りやすいし」

「あっ……！」

言いながら彼の指が接合部をなぞり、愛液でぬめる花芯を押し潰す。

途端にじんとした快感がこみ上げ、そんな反応を見た飴屋が律動を送り込みながら繰り返し敏感な尖《とが》りを撫でてきた。甘ったるい愉悦に一気に身体の奥から愛液が溢れ出すのを感じ、あかりは快感に追い詰められてシーツをつかむ。

「やっ……ぁ、そこ、だめ……っ、あっ！」

花芯を嬲《なぶ》りつつ潤んだ内部のさらに奥を抉《えぐ》られ、あかりは悲鳴のような声を上げて達する。

その瞬間、思わず肉杭を強く締めつけてしまい、その動きに煽《あお》られたかのように彼がますます抽送を激しくしてきた。揺さぶられるがまま声を上げたあかりの背後で、飴屋がぐっと息を詰める。

「……っ」

「はぁっ、あ……っ」

薄い膜越しに吐精されるのを感じ、屹立を締めつけながら喘いだ。

荒く息をつき、ぐったりとシーツに沈み込んだあかりの体内から、彼が自身を引き抜いていく。やがて後始末を終えてベッドに転がった飴屋が身体を抱き込んできて、あかりは彼の汗ばんだ肌に体重を預けた。

「平気か？　ごめん、煮詰まってたせいかあんまり余裕がなかった」

「……ううん」

あかりが首を振ると飴屋が笑い、唇に触れるだけのキスをしてくる。

熱い肌の感触が心地よく、終わったばかりなのにもっと触れたい気持ちがこみ上げて、あかりは身体をすり寄せて彼の耳を舌先で舐めた。すると飴屋が、くすぐったそうにしながら髪を撫でて言う。

「今日のあかりは、すごく可愛い。ようやく懐いた猫みたいで」

「うん。だって悠介に、いっぱい触りたいから」

あかりが素直に答えると、彼が驚いたように目を瞠《みは》る。

口にしたのは、間違いなく本音だ。一度は諦め、もう触れることはないと心に決めていたのに、飴屋はそんなあかりの全部を受け入れてくれた。

再び彼と恋人同士になれて以来、好きな気持ちが増すばかりで、今にも溢れ出しそうになっている。ここ数日は飴屋が忙しくて触れられなかった分、余計にそんな気持ちが募り、素直に気持ちを口にしてもいい気がした。

するとそんなあかりの頭上で、彼が面映ゆそうに笑う。

「……やばいな。そんなことを言われると、抱き潰しちゃいそうだ」

言葉どおり、痛いくらいの力で抱きしめてくる飴屋の愛情を感じ、心がじんわりと熱を持つ。

いとおしいと思う気持ちが止まらず、あかりは思わずつぶやいた。

「……好き」

「──好きだ」

彼が同時に同じ言葉を口にし、見つめ合って笑う。

再び飴屋がシーツに押し倒してきて、目元にキスを落とした。そのままあちこちに口づけられ、とめどなくこみ上げる甘い愉悦を感じながら、あかりは目を閉じて彼の腕に身を委ねた。


涼しい日が何日か続いたものの、すぐに秋が来るわけもなく、ときおり気温がぶり返して日中はそれなりに暑さを感じる。

強い日差しが降り注ぐ空を見上げ、あかりは庭先で目を細めた。今日は旺盛に茂って木のように大きくなってしまったミニトマトを引き抜き、庭の花も終わってしまったものは抜いたり刈り込んだりした。

一度始めるとなかなかの重労働で、すべてをゴミ袋に押し込んだ頃にはかなりの時間が経っている。

だいぶすっきりした庭を眺めて、あかりはふうと息をついた。残暑の厳しい九月だが、半ばを過ぎればこうして暑さを感じる日もだんだん少なくなっていくのだろう。

少し仕事をしようと考えて家に上がると、ふいにテーブルに置いていたスマートフォンが鳴る。ディスプレイに表示された名前を見て、あかりはドキリとして動きを止めた。

（真理絵……）

普段はメールが多く、直接電話してくることが滅多にない友人からの電話は、あかりを動揺させるのに充分だった。

嫌な予感がこみ上げ、いっそ出たくない気持ちになりつつも、指は勝手に通話ボタンの上を滑る。

出るなり開口一番、「もう、何度も電話したんだから！」と語気荒い声が耳に飛び込んできて、あかりは驚いた。

『何してたの、家の電話にもかけたのに』

「ごめん、ずっと外の畑にいたから」

彼女は何度も電話をかけていたというが、あかりは外にいたためまったく気づかなかったようだ。

それほどまでに連絡を取ろうとする理由を考え、あかりは不安な気持ちになる。しかし少し興奮気味の真理絵の話を聞いているうち、不安は驚きに変わった。

通話を切るのももどかしく、あかりはサンダルを突っかけて外に出ると、家の横から自転車を引っ張り出す。

心臓が、早鐘のごとくドクドクと鳴っていた。思いきりペダルを漕ぎ、緩やかな下り坂を一気に走り抜けると、ぬるい風が髪を巻き上げる。山からの道を下り、市道と交差するところで左に曲がると、そこにはトタンの屋根がついたバス停があった。

焦りながら周囲を見回したあかりは、ちょうど往来からバスがやって来たことに気づく。

（……もしかしたら、あれかな）

あかりは自転車から降り、道路を挟んで向かい側のバス停を注視した。

終点になるこのバス停を利用する人は、普段はほぼ皆無だ。しかし今日は停車したバスから、一人の乗客が降りてきた。

バスがエンジン音を立てて走り去り、はっきりとその姿を確認したあかりの心臓が、ドクリと音を立てる。中背の痩せぎすな男性は、カジュアルなシャツにノータイでジャケットを合わせ、きちんとした清潔感がある恰好《かっこう》をしていた。

彼は片手に鞄《かばん》と百貨店の紙袋を提げ、手帳を開いて何やら確認している。その姿を見ているだけで胸がいっぱいになりつつ、あかりは勇気を出して口を開いた。

「――笹井さん」

思いきって呼びかけた声は、少し上擦っていた。

声に気づいた男性が、顔を上げて道路越しにこちらを見る。少し驚いたような表情であかりを見つめた彼は、やがて人好きのする柔和な笑みを浮かべた。

「奈良原。――久しぶり」

その目尻に、かつて愛してやまなかった笑い皺《じわ》が寄った。

「…………」

（声、変わってない……）

目の前にいることがまだ信じられず、あかりは食い入るように男性を見つめる。
ずっと忘れられなかったかつての交際相手、笹井英司がそこに立っていた。

第七章

——笹井さんから、さっき突然連絡があった。

前触れもなく電話をかけてきた友人の真理絵は、あかりが電話に出るなり少し早口でそう言った。

『いきなり電話してきてね、「藤堂、君は奈良原の連絡先を知ってるか」って聞いてきたの。実はこれから奈良原に会いに行くところで、彼女の家の近くまで行くバスに乗るところなんだけど、今になってアポなしはまずいかなと思った——って』

真理絵の話によると、急に彼女に電話をかけてきた笹井は、あかりと連絡が取れるかどうかを聞いてきたらしい。

ふと思い立って旅行がてら会いに来たものの、彼はバスに乗る直前、「やはり突然訪問するのは迷惑だろうか」と考えたようだ。訪ねて行って、不在だったら帰るしかないんだが——そう言って笑った彼は、「直前になってしまうが、できれば君から自分が訪ねていくという旨を電話しておいてくれないか」と真理絵に頼んできたという。

『笹井さんに「体調は大丈夫なんですか」って聞いたら、最近は調子のいいときに会いたい人に会いに行ってるんだって言ってた。それで今回は、はるばるあかりのところにってことみたい』

　そこで彼女は一旦言葉を切り、少し口ごもって言った。

『あの、怒らないで聞いてね。実は私、半年ぐらい前に入院中だった笹井さんのお見舞いに行ったの。それでそのとき、つい言っちゃったんだ。あかりのこと』

「えっ、何を？」

　ドキリとして問いかけたあかりに、真理絵が歯切れ悪く答えた。

『ご家族とあんまり仲よさそうにしてたから、つい「笹井さんはいいですね、ご家族に囲まれて」「あかりはずっとあなたとのことに罪悪感を持って、結婚もせずに田舎暮らしをしてるのに」って――そう言っちゃって』

「……どうして……」

　困惑するあかりに、彼女が慌てた口調で付け足した。

『もちろん話したのは、ご家族が病室にいらっしゃらないときだよ。本当にごめん、余計なお世話だってわかってるけど、私、すごく悔しくて』

「バスの時間は？」

　笹井が乗ったバスの時刻を聞くと四十分前で、終点である最寄のバス停にもう間もなく着く頃だった。

『きっと笹井さん、私との会話があってあかりに会いに行ったんだと思う。だから……』

「わかった、もう切る。そろそろバスが着く頃だから」

わざわざ電話してくれた礼を告げ、あかりは急いで通話を切った。

(信じられない。笹井さんがわたしに会いに来るなんて)

彼は本当に真理絵の言ったことを真に受けて、こんな遠くまで会いに来たのだろうか。

笹井の体調を思うと、あかりはひどく落ち着かない気持ちになった。東京からはるばる北海道まで、しかもこんな田舎に来るなど、健康な人でも疲れる距離だ。

もどかしくスマートフォンを置いたあかりは、サンダルを突っかけて外に出て、「徒歩では間に合わない」と考えて自転車を出す。

ペダルを漕ぎながらも気持ちばかりが焦り、心がパンクしてしまいそうだった。ずっと消せなかった笹井への思慕、急に会うことになった戸惑い、焦り——それらが混然として、ハンドルを握る手に力がこもる。

(どんな顔をして、あの人に会えばいいんだろう。……わたしたちは、とっくに別れてるのに)

戸惑いを深めながら、あかりは市道に出て角を曲がる。午後の眩《まぶ》しい日差しの中、遠く道の向こうから、ちょうどバスがやって来るところだった。

＊　＊　＊

九月も半ばとなり、暑さが一段落して数日涼しい日が続いたものの、今日は朝から気温が上がって、まるで夏に逆戻りしたような陽気だ。

宅配便が来て玄関先で応対していた飴屋は、ふと配達員の背後を見て目を瞠《みは》った。

（あれは……）

隣家の敷地から、ひどく慌てた様子のあかりが自転車で飛び出していく。

手押しで公道に出るのももどかしく、急いでサドルに跨《また》がって立ち漕《こ》ぎで通りを下っていく姿には必死さが漂っていて、飴屋はただならぬ印象を受けた。

（あんなに急いで、一体何があったんだろう）

「すみません、こちらにサインいただいてもよろしいですか」

「あ、はい」

言われるがままに飴屋が伝票にサインをすると、荷物を置いた配達員が頭を下げて帰っていく。

トラックが走り去るのを見送って外に出た飴屋は、先ほどあかりが向かった方角を見やった。辺りには眩しい午後の日差しが降り注ぎ、じんわりとした暑さを感じる。道路がカーブしているせいで彼女の姿は既に見えず、飴屋は釈然としない気持ちを噛《か》みしめた。

普段のあかりは滅多に取り乱さず、あんなふうに急いだ様子を見せることはない。たとえ突発的な用事があったとしても、自分に何も告げずに行くのは不自然だった。

（……何だろう）

心に渦巻くのは、胸騒ぎのようなものかもしれない。

落ち着かない気持ちで外を気にしながら仕事をし、それから十五分ほどした頃、飴屋は窓越しに通りを歩いてくる二人連れの人影を見て手を止めた。

自転車を手押ししているあかりと、五十代くらいの痩せぎすな男性が、何やら話をしながら歩いている。

それを見た瞬間、飴屋はザラリとした感情が心に浮かぶのを感じた。彼女の隣にいるのが一体誰なのか、素性はまったくわからない。

だがあかりの表情はこれまで見たことがないもので、彼らが隣家に入っていく様子を無言で眺め、しばらくそこに立ち尽くしていた。

＊　＊　＊

「いやあ、やっぱり東京からだとかなり遠いな。しかも実際に来てみたら、空港からだいぶ距離が離れているし。でもいいね、都会とは空気の質が全然違う。緑が多いせいか澄んでいて」

緩やかな勾配をあかりの家に向かって歩きながら、四年ぶりに会った笹井はそう言って辺りを眺める。あかりは彼の横で自転車を押しつつ答えた。

「そんなに違いますか？　空気」

「そうだね。きっと排気ガスの量が、全然違うんじゃないかな」

（……笹井さん、痩せたな）

笹井の横顔を見つめ、あかりはそんなふうに考える。

昔からがっちりしたタイプではなかったが、久しぶりに会うと明らかに身体の線が細くなり、着ているジャケットも少しブカブカしている。頬も削げた印象で、それが病気のせいなのかと思うとあかりの胸が痛んだ。

彼がこちらを見て微笑んだ。

「わざわざバス停まで、迎えに来てくれてありがとう。いきなり訪問してしまったんだけど、やっぱり迷惑だったかな。藤堂から連絡はきた？」

「はい、ついさっき。何度も電話くれてたみたいなんですけど、わたしは庭で作業していて、なかなか気がつかなくて」

「庭があるのか。優雅な生活をしてるんだなあ、奈良原は」

笹井が少し息を乱していることに気づき、あかりは目を瞠る。

ハンカチでしきりに額の汗を拭っているものの、その顔は青ざめているようにも見えた。

あかりは動揺しながら問いかけた。

「笹井さん……あの、ひょっとして具合が悪いんじゃ」

「ん？　大丈夫だよ。でもこの勾配は、地味にきついね。緩いけどずっと続いてる」

「ごめんなさい。うちはもう少し先なんですけど、よかったら自転車に乗りませんか」

突然の提案に、彼が目を丸くしてこちらを見る。

正面から笹井と目が合ってしまい、あかりはにわかに心拍数が上がるのを感じながら、慌てて付け足した。

「あの、笹井さんが乗ったら、わたしが後ろから押しますから。……だから」

しどろもどろに、あかりが「だから坂道でも大丈夫です」と言うと、彼が怪訝な顔で問い返してきた。

「奈良原が？」

「……はい」

「僕を？」

あかりが頷《うなず》くと、笹井は一瞬黙り、やがて盛大に噴き出した。

「いや、いいよ。大の男が女の子に自転車を後ろから押されるなんて、傍から見たらおかしいだろう」

「でも、あの」

「大丈夫。ゆっくり歩けば、いずれ着くんだから」

「気を遣わないでほしい」と言う彼の顔を見つめ、あかりはおかしな提案をしてしまった自身を恥じる。笹井の朗らかな笑い声を聞くのは、久しぶりのことだった。

なるべく彼の負担にならないように速度を落として歩き、やがて二人はあかりの家に到着する。笹井が平屋の家屋を見上げ、感心したようにつぶやいた。

「いい家だね。新築で買ったの？」

「リノベなんです。古い家屋をリフォームして……。中にどうぞ」

自転車を家の前に停め、玄関を開けたあかりは、彼を中に招き入れる。

手土産が入った紙袋を差し出され、恐縮しながら受け取った。お茶の用意をしているあいだ、笹井はリビングを見回し、庭に目を向けている。

彼がソファに座ったまま、台所のあかりに向かって言った。

「趣味がいいね。平屋だけど、すごくゆったりしてて贅沢《ぜいたく》な広さだ。庭にも風情がある」

「ありがとうございます」

冷茶とおしぼりをお盆にのせたあかりは、「どうぞ」と言ってテーブルに出す。

笹井が微笑んで礼を述べ、しばらくは最近の相場や共通の知人のことを当たり障りなく話した。話題が再び家に戻り、ふと彼が壁際に置かれた額に目をやる。

「それは？」

「あ、これは……」

飴屋にもらった山帰来の枝の額を見つめ、あかりは答えた。

「お隣に住んでいる、染色作家さんの作品なんです。プレゼントされて」

「絵画かと思ったら、染色なのか。構図が素晴らしいし、色にも深みがあるなあ。何ていうか、部屋に馴染《なじ》んでるのにすごく目を引く存在感がある」

「文様は糸目友禅なんですけど、地色は引染をしたあとに白蠟《はくろう》っていう少し染料を通す性質の蠟を置いて、また上から違う色を擦り込んでひび割れたような風合いを出したそうです。すごく手間がかかったって」

説明したあかりを、笹井が驚いたように見つめる。

「ずいぶん詳しいんだね」

「えっ？　あの、全然。聞きかじりで、にわか知識ですけど」

あかりは慌てて首を横に振り、たいして詳しくないのだと答える。

その一方、飴屋の作品を褒められて、自分のことのようにうれしかった。やはり他の人が見ても目を引く作品なのだと考えると、展示会に出さずにもらってしまったのを少し申し訳なく思う。

それからしばらく、リビングに沈黙が満ちた。庭にやって来た小鳥がチチチと小さな鳴き声を上げ、あかりはその様子を見つめる。やがて彼が口を開いた。

「――奈良原に会うのは、四年ぶりだな」

「…………」

「君が転職したあとも、噂《うわさ》は聞いていたよ。順調にキャリアを積んでいたのに、一年半前に急に辞めたって聞いて驚いた。理由を聞いてもいいかな」

「……潮時だったんです」

いつか駒野に答えたのと同じ言い方で、あかりは仕事を辞めた理由を説明する。笹井がじっとこちらを見つめ、目を伏せて言った。

「僕も仕事を辞めたんだ。聞いているかもしれないけど、病気でね。今、癌《がん》を患ってる」

彼の口から直接病名を告げられ、あかりの胸がズキリと痛む。笹井が穏やかな声で続けた。

「今は騙《だま》し騙《だま》し、様子を見ている感じかな。もう全身のあちこちに転移してるんだけどね、今使っている抗癌剤がよく効いていて、動けるくらいの小康状態を保ってるんだ。だから最近は体力が許すかぎり、会いたい人に会いに行ってる。何ヵ月か前には、ロンドンとニューヨークにも行ったよ。懐かしい人たちに、たくさん会ってきた」

彼がそこまで精力的に動いている理由は、やはり死を覚悟してのことなのだろうか。

そう考えると苦しくなり、あかりは目を伏せて床を見つめる。涙が出そうになったものの、「自分には泣く資格がない」と己を強く戒めた。

笹井が微笑んで言った。

「会いたい人の中には、奈良原も入っていたんだ。もっとも君は、会いたくなかったかもしれないな。僕は奈良原と、ひどい形で別れたから」

「――そんな」

彼が四年前の別れに言及し、あかりは顔を歪《ゆが》めて答えた。

「そんなことはありません。笹井さんは、全然悪くなかったんですから。……全部わたしが悪かったんですから」

あかりの言葉を聞いた笹井が、じっと考え込むように沈黙した。

彼がテーブルの上のお茶を一口飲み、再びグラスを置くと、中の氷がカラリと音を立てる。笹井が口を開いた。

「……癌になってから、いろいろと考える機会が増えた。日によって考えることは違うんだけどね、体調がよくてポジティブな気持ちのときは、やりたいことをどんどんやろうとか、どこそこに行こうとか、楽しく明るいことを考えられる。でもちょっと身体がつらくなったり、夜暗い中で一人で天井を見ていると——駄目なんだ。病気の進行について延々と思い悩んだり、健康な人間すべてを呪ってやりたくなったり、自分が死んだあとのことを考えて……怖くなる」

　生々しい心情を吐露されて、あかりは言葉を失った。

　話の内容とは裏腹に、彼の声があまりにも静かで、それが逆に笹井が抱えている苦悩の深さを物語っている気がして、複雑な気持ちになる。

　彼がわずかに明るい口調になって続けた。

「でも家族に支えられながら病気と向き合って、最近は徐々に前向きな考えができるようになってきたんだ。体調のいいときに、なるべくいろんな人に会っておこうっていうのもそうだよ。ひとつでもやり残したことがないように生きるのも、僕という人間がつけるべき〝けじめ〟だと考えた」

　そう言って笹井は、あかりを見つめた。

「半年前、藤堂に言われた。君が僕とのことで罪悪感を持っていて、結婚もしないで田舎に引っ込んだって」

「……っ……それは」

あかりは顔を上げ、急いで言った。

「それは、真理絵の誤解なんです。わたしはただ、仕事から離れて静かなところで暮らしたくて……それで」

「僕はね、奈良原」

こちらの言葉を遮り、彼が言った。

「君に謝らなければならないことがある。そのために、どうしてもちゃんと顔を合わせて話をしなければと思って、ここに来たんだ」

「な、何をですか」

「四年前、全部を君のせいにして逃げたこと。――でも本当は、そうじゃない」

「………」

「あのとき、惹《ひ》かれていたのは僕のほうだった。君に流されたんじゃなく、僕の意思で君とつきあったくせに、怖くなって逃げ出したんだ」

笹井の言葉があまりにも意外で、あかりはただ目の前の彼を見つめる。笹井が苦く笑って言った。

「君が入社してうちの部署に配属されてきたとき、僕は一目でわかったんだ。『ああ、この子は伸びるだろうな』って」

彼はかつてのあかりの印象を、そんなふうに語る。

笹井いわく、配属されてきた新人の中でもあかりは目が違っていたらしい。基礎から応用まで蓄えなければならない知識は膨大だったが、あかりはひとつも取り零すことなく吸収し、自分のものにした。

多くの新人が脱落していく中、残ったわずかなメンバーの中にあかりが含まれていたのは、彼の見立てどおりだったという。

「僕にとっての奈良原は、自慢の教え子だった。長くあの業界にいてたくさんの人間を教えてきたけど、君ほど教え甲斐《がい》のある生徒はいなかったよ。でもいつしか、気持ちが上司という立場から逸脱し始めていたんだ。——奈良原の視線を意識して」

あかりが笹井を見つめる眼差しの意味に、彼は気づいていたようだ。

最初は若い子がほんの一時、血迷っているだけだと思っていたらしい。しかし何年も時間が経つうち、笹井のほうもただの部下に対する以上の気持ちをあかりに抱くようになっていたという。

「とはいえ僕の気持ちは、実際に君とどうこうというものじゃなかった。でも君が僕に想いを伝えてきたとき、一旦は拒みながらも本当はうれしかったんだ。そしてそう考えてしまう自分に、ひどく戸惑った。僕には家族がいたから」

あかりに心惹かれながらも、彼には家族を裏切る勇気がなかった。それでも押しきられる形で関係を持ってからは、なし崩しに溺れたのだと笹井は自嘲的に笑った。

「恥ずかしい話だが、僕は本当に君に溺れていた。会うたびにいとおしくて、一生懸命な君が可愛くて……そんな気持ちが高まって、いつしか妻を裏切ることに何の呵責《かしゃく》も感じていない自分に気づいたとき、愕然《がくぜん》とした。そしてそんな自分が、怖くなった」

家族を平気で捨てられる人間になるのが、怖かった。そして妻と別れたときに傷つく自分の世間体、名声――そうしたものとあかりを天秤《てんびん》にかけたのだと、彼は語った。

「一ヵ月――結局それしか保《も》たずに、僕は逃げた。真面目な君が、僕や僕の家族に対して罪悪感をおぼえているのを知りながら、君だけが悪いような恰好《かっこう》にして何のフォローもせずに逃げたんだ。僕はそんな、卑怯《ひきょう》な男だった」

「…………」

あかりは無言で笹井を見つめた。

笹井の告白を聞いて、本当は傷ついてもいい場面なのかもしれない。だが彼に対する怒りは、一切湧いてこなかった。

妻子ある笹井を好きになり、最初に手を伸ばしたのはあかりのほうだ。その結果、彼に苦悩を与えてしまったのも、笹井の妻子へ顔向けができないことをしたのも事実で、責める気は微塵《みじん》も起きない。

ただ、今になって吐露された彼の気持ちにひどく動揺していた。あかりは小さな声で問いかけた。

「笹井さんは、あのときわたしのことをどう思っていたんですか？　つきあっていた当時は、気持ちを全然言葉にしてくれませんでしたけど」

　すると笹井が、あかりを見る。正面から視線が絡み合い、しばらく沈黙していた彼が、やがて目を伏せて静かに答えた。

「逃げた僕が今さらこんなふうに言うのは、おこがましいと思うけど。あのときは、本当に奈良原が好きだった。いっそ何もかも捨ててもいいと考えるくらい、君のことが大切でいとおしくて仕方なかった」

「――――」

（笹井さんが、好きだった……。わたしのことを）

　笹井の言葉がじんわりと心に沁《し》みて、気がつけばあかりの瞳から涙が零れていた。

　ずっと、自分だけが一方的に好きなのだと思っていた。彼とつきあっていたときは一緒にいても寂しくて、別れてからもっともっと寂しくなって、自分という人間に何の価値もないように感じていた。

　その結果、誰かを愛することも、愛されることにも、いっそ背を向けたほうが楽だとさえ考えていた。だからこそ、そのきっかけとなった笹井をいつまでも諦めきれなかったのかもしれない。彼に置き去りにされた自分の心が惨めで、あかりは時間を止めたように長いことそこから動けずにいた。

「ごめん。君を長いあいだ――傷つけたままで」

　笹井が静かにそう詫《わ》びて、あかりを見つめた。

「もし君がずっと傷ついたままで、一人でひっそりと田舎に暮らしているのなら、僕はどうしても君に会って伝えなければならないと思っていた。『君は悪くないんだ』って」

「――いいえ」

あかりは首を横に振って、彼を見つめた。

「たとえそう言ってくださっても……わたしが笹井さんに手を伸ばした過去は消えません。奥さまに顔向けできないことをしたのは、事実ですから」

「――妻は知ってるよ」

笹井がさらりとそんなふうに言ってきて、あかりは驚いた。

「病気になったとき、僕から全部話した。妻を裏切っておきながら、知らん顔で看病してもらうわけにはいかなかったから、離婚してもいい覚悟で全部話したんだ」

「わ、わたし」

あかりは動揺しながら、わずかに身を乗り出した。

「わたし――それなら奥さまに、直接お詫びを」

「必要ない」

「でも……！」

「聞いてくれ。僕は全部、話したんだ。妻を裏切って、君とわずかなあいだでもつきあっていたこと。そして交際を続ける度胸がなく、自分から別れを切り出したこと。僕のほうが年甲斐もなく恋して、君に溺れて――結果的に怖くなって逃げたんだって」

「……っ……」

（……そんな）

彼は自分一人が悪かったように、妻に伝えたのだろうか。そう考えるあかりに、笹井が苦く笑って言った。

「妻には泣かれたし、横っ面を殴られたよ。『たとえ病気を患っていようと、あなたの世話なんかしない』と言われたし、『子どもにも二度と会うな』とも言われたな。……でも」

彼が目を伏せて続けた。

「最終的には、許してくれた。どんなクズでも僕を好きだと言って、『死に水は自分が取ってやる』って……。そして、君のことを怒られたんだ。『そんな年下の若い娘さんを自分の都合で捨てて、彼女の将来について考えたことがあるのか』って」

「奥さまが……？」

笹井の妻が自分を思いやってくれたと知り、あかりは言葉を失う。

どんなに恨まれても、仕方のないことをしたと考えていた。そんなふうに言ってもらう資格などないのに、罪悪感ばかりがこみ上げて苦しくなる。

笹井が目を伏せ、お茶のグラスを手に取って言葉を続けた。

「妻の言葉を聞いて、確かにそうだと思った。幸せになってほしいと考えていたけど、もし君が今もまだ傷ついていて、一人でいるのなら……それは僕のせいだって」

「そんな……」

「それに加えて、半年前、病院で藤堂にも言われて——」

そこで彼が、急に咳《せ》き込んだ。

お茶のグラスをテーブルに置き、ポケットから取り出したハンカチで口元を押さえるものの、いつまでもひどい咳は止まない。

あかりは急いで立ち上がり、笹井の背中をさすった。その瞬間、思いのほか骨ばった感触に触れて、ドキリとする。こんなにも痩せてしまっていることに気づき、改めて驚きをおぼえていた。

「ごめん。もう大丈夫だ……ありがとう」

ようやく咳が治まり、笹井がお茶を飲んで一息つく。

「ええと、どこまで話したかな。……そう、藤堂にも言われて、『やっぱり』と思った。実は今回君に会いに来たのは、妻の後押しがあったからなんだ。旅行の予定を立てていたときに、『もし彼女がまだ一人でいるのなら、あなたは過去について詫びてくるべきだ』って

……自分が許可するから、会いに行けって」

笹井の妻は、一体どんな気持ちでその言葉を口にしたのだろう。

決して心穏やかではなかったはずだ。夫がかつてつきあっていた相手と再び顔を合わせるなど、愛情があるならばきっと耐えられない。

（……でも）

それでも後押ししたのは、彼が過去のでき事を深く悔いていたからだろうか。

「夫がひとつでも思い残すことがないように」という、彼女なりの思いやりなのだとしたら――そう想像し、あかりの心がズキリと痛む。

(わたしは、本当に……何てことを)

今こうして笹井と会っている瞬間も、きっと彼の妻を傷つけている。そう考えると、あかりの心は重苦しい思いでいっぱいになった。

〝直接詫びる〟という行為すら彼女の気持ちを思うとおこがましい気がして、ただ心の中で謝ることしかできない。聞けば彼の妻は、今回の旅行に付き添って一緒に北海道まで来ていて、隣町の喫茶店で待っているのだという。

「奥さまは……強い方ですね」

あかりが言葉を選びながらそう言うと、彼が笑った。

「そうなんだ。僕が病気になるまではどちらかというとおとなしいタイプだったし、声を荒げたこともなかったんだけど……すごく変わったな。今はてきぱきしていて、言いたいこともはっきり言うし、すっかり尻に敷かれてしまってる」

そう言いつつも、妻について語る笹井はどこかうれしそうに見え、信頼と愛情が透けて見えた。

おそらくいろいろなことを乗り越え、夫婦の絆《きずな》が深まったのだろう。だが今もなお彼女が抱えているであろう葛藤や、闘病中の夫を支える苦労を思うと、複雑な思いがこみ上げる。

彼があかりをじっと見つめて言った。

「久しぶりに奈良原を見たとき、実は驚いてたんだ。すっかり印象が変わってて」

「えっ？」

「以前はどこか張り詰めていて、もっと鋭利な印象だった。まあ、ああいう仕事だったし、気を強く持ってないと駄目な部分もあったんだろうけど、今の君は違うね。雰囲気が柔らかくて、すごく女性らしくなった。まるで別人みたいに」

「……そうでしょうか」

確かに仕事をしていたときは余裕がなく、男性ばかりの職場とあって、今より尖《とが》っていたかもしれない。

そう思うあかりに対し、笹井がしみじみと続けた。

「君が一人で田舎で暮らしていると聞いて、本当はもっと鬱々とした感じを想像してたんだ。でも、いい意味で裏切られたよ。もしかして、君を変えてくれた人がいたのかな」

彼の言葉であかりが連想したのは、飴屋の存在だった。

頑なになっていた自分を、彼は辛抱強く待っていてくれた。そんな飴屋がいたから、あかりは迷いながらも一歩を踏み出すことができた。

「……います、大切な人が。気の長い穏やかな人なんです」

あかりが答えると、笹井は「そうか」とうれしそうに笑った。

「そうか。――よかった、君にそんな人ができて」

もう一度「本当によかった」とつぶやく声が優しくて、あかりの心がじわりと疼く。

「もし違ってたら何だけど、それはこの額の作品を作ったお隣さん？」

ふいに飴屋の作品を指してそう指摘され、あかりは驚いて彼を見た。

「どうしてわかったんですか」

「やっぱりそうだろう？　額を見るときの奈良原があまりにも優しい目をしてたから、そうじゃないかと思っていたんだ。僕の洞察力を舐《な》めちゃいけない」

自慢げに「これでも相場を見る目は確かだったんだ」と言われ、あかりは素直に納得する。

ひとしきり笑い合って、静かに黙り込んだ。掃きだし窓からリビングに、ぬるい風が吹き込んでくる。やがて笹井が、ポツリとつぶやいた。

「……幸せになってほしい」

「…………」

「真面目で一生懸命な、君が好きだった。もう罪悪感なんて持たずに……君らしく生きていってほしいんだ」

彼の言葉がじんわりと心に染みて、あかりはこみ上げる涙をぐっとこらえる。笹井が朗らかに笑って言った。

「僕も頑張るよ。一日でも長く家族と一緒にいたいから、気持ちから前向きでいようと思ってる。そうはいかないときも、もちろんあるけど」

　ふと腕時計を見た彼が、「おっといけない」と言って、慌てて立ち上がった。

「戻りのバスが、もうそろそろ来る頃だ。帰るのが遅くなると、妻に怒られてしまう」

　二時間に一本しかないバスは、あと十五分ほどで来るはずだ。

　慌ただしく帰り支度をし、外に出て二人並んで歩いた。帰りは緩やかな下り坂で、「行きより少し楽だな」と言って笹井が笑う。

　強い日差しが降り注ぐ中、田園風景を眺めつつバス停までゆっくり歩き、少し息を切らした彼が額の汗を拭きながらベンチに座った。

　一息ついた笹井が突然思い出したように、笑顔で言った。

「そうそう、僕、お爺《じい》ちゃんになるんだ」

「えっ？」

「上の娘が妊娠してね。できちゃった結婚なんだけど、今四ヵ月で、結婚式を来月にすることになって」

　彼の娘は現在二十五歳で、その下に二十三歳の息子がいるという。あかりは微笑んで言った。

「おめでとうございます。お孫さん、すごく楽しみですね」

「うん、生まれるまで頑張らないとな。僕としては、孫は男でも女でも、どっちでもいいと思ってる。自分の子どもは仕事が忙しくてあまり構ってやれなかったから、孫には祖父としていっぱい関わりたくて」

やがて少し離れたところにあるターミナルから、バスがやって来る。

笹井が立ち上がり、あかりもベンチから腰を上げた。彼がこちらに向き直って言った。

「今日はありがとう。急に押しかけてきたりして、本当にすまなかった。話ができてよかったよ」

「いいえ、こちらこそ。奥さまに、どうぞよろしくお伝えください」

「うん」

バスが停車し、目の前でドアが開く。笹井が微笑んでこちらを見た。

「それじゃ、また」

「はい。……それじゃ」

〝また〟──までは、胸がいっぱいでどうしても言うことができなかった。

彼がバスに乗り込み、目の前でドアが閉まる。窓際の席に座った笹井が、笑顔であかりに向かって手を振った。

手を振り返し、彼の目尻の笑い皺《じわ》を見つめるうち、あかりの視界が涙で歪《ゆが》んでいく。

（……笹井さん）

さまざまな感情が、堰《せき》を切ったようにこみ上げていた。

長いこと笹井に対して抱えていた思慕、彼に感じた恋情、想いが通じなかったときの切なさ、そして笹井の家族への申し訳ない気持ち──「君が好きだった」と言ってくれた瞬間の心が震えるような想いも含め、すべてが混然一体となって涙として溢《あふ》れそうになるのを、あかりは必死でこらえる。

バスが短くクラクションを鳴らして発車し、走り去っていく後ろ姿を見送った。「それじゃまた」という最後の彼の声が、あかりの耳から離れない。きっともう会うことはないのだろうが、それでもあえてそう告げた笹井の発言の意味を考える。

（「さよなら」と言わないのは……）

彼は生きる希望を、まだ捨てていないのかもしれない。

「一日でも長く、家族と一緒にいたい」と言った言葉のとおり、できるかぎり頑張るつもりなのだろう。

笹井と出会ってから十年以上も抱え続けていた想いに、あかりはようやく終止符を打つことができたのを感じていた。自分のためにわざわざこんな田舎まで会いに来てくれた彼の、これからの幸せを願わずにいられない。

バスの後ろ姿が遠く、小さくなっていった。ムッと暑い午後の日差しの中、あかりはいつまでも笹井が乗ったバスを見送り続けていた。

第八章

シャキッ、と剪定鋏《せんていばさみ》の音が鳴るたびに、切り落とされた枝がバサリと地面に落ちる。

旺盛に茂りすぎた枝を落とす作業は、最初こそバランスを見て丁寧にやっていたものの、「悠長なことをしていては、いつまでも終わらない」と気づいてからは、手つきが結構雑になっていた。

萩《はぎ》の枝を落としながら、あかりはため息をつく。庭というものは毎日見ているとどこか麻痺《まひ》してしまうようで、ふとしたときにぼうぼうに伸びていることに気づく場合が多い。生長力の強い植物なら、なおさらだ。萩と雪柳が特にひどく、剪定を始めてしばらく経つと、切った枝が足元でこんもりと山になっていた。

いつまでも終わらない作業に疲れたあかりは、鋏を置いて掃きだし窓に座って空を見上げる。

うっすらと雲がかかっているものの、午後の日差しはたっぷりあり、気温は二十五度と高かった。しかし湿度がない分過ごしやすく、目の前で揺れている洗濯物もよく乾きそうな陽気だ。

（あ、トンボ……）

気がつけばかなりたくさん飛んでいるトンボを前に、あかりは「もう秋なのだな」と考える。

特に夏が好きなわけではないが、往く季節を感じると、なぜだかほんの少しの寂しさを感じた。

掃きだし窓に座ったあかりは足をぶらぶらさせ、物干し竿で揺れるシーツを見つめる。

笹井が家に訪ねてきたのは、つい昨日のことだった。

あまりに突然すぎて驚き、動揺したものの、結果的には話せてよかったと思う。だが長いこと心の中にあったものがぽっかりと抜け落ちたような感覚があり、気づけば物思いに沈んでいることが多かった。

（……だから悠介に、誤解されちゃったのかな）

そう考え、あかりはため息を漏らす。

昨日は笹井をバス停まで送ってから歩いて自宅に戻り、考え込んでいるうちに気づけば夕方になっていた。日が暮れ出した頃に飴屋が現れて、ダイニングの椅子に座っていたあかりはハッとして顔を上げた。

『あ……ごめんなさい、今日は何も作ってなくて』

いつもならとっくに夕食の支度をしている時間であるにもかかわらず、何も用意していないことを謝ると、彼はこちらを見つめて言った。

『なあ、今日ここん家に来てたのって……』

何か言いかけた飴屋だったが、彼は途中で言葉をのみ込んだ。

それを聞いたあかりは、笹井と一緒にいるところを飴屋に見られていた事実にそのとき初めて気づいた。隣なのだから、外を歩いているところを目撃されても当たり前だったのに、今さらのように動揺して思わず言いよどんでしまった。

『あの、あの人は……』

『……ごめん、やっぱいい』

それきり彼は会話を打ち切って自宅に戻ってしまい、夜も姿を見せなかった。

常にないその態度から、あかりはやはり自分が飴屋に誤解されているのだと確信していた。

(……でも、誤解して当たり前だよね。わたしが誰と一緒にいたのか、悠介は何となく気づいてるんだろうし)

あかりと一緒に歩いている笹井の姿を見て、飴屋はきっとそれがいつか話した〝元上司〟だと気づいたに違いない。

そのときの彼の気持ちを考えると、あかりの心は罪悪感で疼《うず》く。もし自分が逆の立場で、飴屋がずっと忘れられなかったという元交際相手が彼に会いに来たとしたら、きっと気になって仕方がないだろう。

あかりが自ら望んで招いたわけではないにせよ、笹井の来訪が飴屋にとって決して心穏やかなでき事ではなかったのは、充分想像ができた。

(ちゃんと話さなきゃ……)

笹井と何を話したのかを全部説明しようと決意し、立ち上がったあかりは庭から出る。

彼の家のほうを窺《うかが》うと、ちょうど玄関から出てきた飴屋が自分の車のエンジンをかけているところだった。

＊　＊　＊

朝の八時過ぎ、飴屋は出掛けるために外に出て、車のエンジンをかける。

そこで隣家の庭先から、サンダル履きのあかりが驚いた顔で出てきた。

「もしかして、出掛けるの？」

普段あまり外出しない飴屋が、こんな時間から車のエンジンをかけるのは珍しい。そんな彼女の疑問に、飴屋は頷《うなず》いて答えた。

「うん。今日は展示会の打ち合わせ」

本当は数日前に伝えていたはずだが、あかりはすっかりそのことを失念していたらしい。

彼女が少し肩透かしを食ったような顔でつぶやいた。

「……そっか」

あかりがそんな顔をする理由は、わかっていた。

おそらく昨日のでき事について説明したくて、彼女はこちらに来たのだろう。そう思いつつ、飴屋は複雑な気持ちになる。

昨日の午後、急に慌てた様子で自宅を飛び出していったあかりは、しばらくして一人の男性と連れ立って戻ってきた。

痩せぎすの、五十代とおぼしきその男性を見た瞬間、飴屋はそれが誰かを直感的に悟った。彼はおそらく、あかりの元上司の笹井に違いない。「何年も片想いした挙げ句、わずか一ヵ月だけつきあって別れた忘れられない男がいる」と、先日彼女が話してくれた。

（どうして今頃、こんな田舎までやって来たんだろう。あかりと別れて何年も経っているはずなのに）

彼は三十分ほどあかりの家で過ごし、やがて帰っていった。

二人がどんな話をしたのか、そして笹井の目的が何だったのかはわからない。目の前のあかりは、飴屋が出掛けるという事実に戸惑った顔をしていて、何か話したそうな雰囲気を醸し出している。

だが飴屋はそれに気づかないふりで、目を伏せて告げた。

「他にもいろいろ、用事をまとめて片づけてくる。筆とか細々したものも見てくるから、帰る時間はちょっとわからない」

仕事に使う染料やわら半紙などは、最近はネットで買って配送してもらうことが多い。だが筆や刷毛は実際に目で見て、触ってから買うようにしていた。

　以前そんな話をした覚えがあったため、あかりは飴屋の言葉を信じたようだ。しかし車に乗り込もうとしたとき、彼女はなおも何か言いたげに食い下がってくる。

「悠介――あの」

「ごめん、時間ないからもう出ないと。……行ってくる」

　車高の高いピックアップトラックに乗り込み、飴屋は車を発進させる。

　あかりがいつまでも見送っているような気がして、あえて後ろは見ずに運転した。いくつかのカーブを曲がったところで、ようやく飴屋は深くため息をつく。

　彼女と目を合わせることもせず、逃げるように出てきてしまった自分は、意気地のない男だ。もしかしたら先ほどこちらが取った態度に、あかりは傷ついているかもしれない。

（駄目だな、俺。……どんだけヘタレなんだよ）

　今日の打ち合わせは前から決まっていたことで、昨日の一件があったから入れたものではない。

　だがあかりと話をする勇気がなかった飴屋にとっては、今日の外出は渡りに船だった。

　昨日からずっと、ネガティブな想像ばかりしている。もし自分が思ったとおり昨日の男性が元上司の笹井で、数年ぶりに彼と会った彼女が気持ちを再燃させてしまったら――そんな恐れを抱き、直接あかりと話す勇気が持てずにいた。

　かつてあかりは妻子がいると知りながら彼とつきあい、何年もその過去を引きずって、深い罪悪感を抱えて生きてきたという。

飴屋に自身の過去を語ったとき、彼女は「笹井への想いを抱えたままで、飴屋とはつきあえない」と言った。それを説得し、飴屋がすべてを受け入れる形で自分たちは再び恋人同士に戻ったはずだ。

だが今になって、飴屋は自分の中の欺瞞《ぎまん》を思い知らされている。物分かりのいいふりをして「無理に忘れなくていい」などと言ったが、実際にその相手が目の前に現れる事態はまったく想定していなかった。

別れてから何年にも亘《わた》って引きずってきた人物を、そう簡単に忘れられるものだろうか。ひょっとしたらあかりは笹井と再会し、「やっぱりこの人のほうがいい」と思ったかもしれない──そんな考えが、昨夜から飴屋の中に燻《くすぶ》って離れなかった。

（もしあかりがそう言い出したら、俺はどうするべきだろう。黙って別れてやるべきなのか？）

笹井は現在、末期の癌《がん》を患っているという。

彼が死ぬという感傷に引きずられ、あかりが「彼の元に行きたい」と言い出したら、自分はそれを了承できるだろうか。

（あーあ、俺、全然自信がないよな……）

恋人のはずなのに、彼女が自分以外の男を選ぶかもしれないという可能性を、飴屋は捨てきれていない。

あかりを誰よりも好きだと思う一方、彼女が笹井と過ごした長い年月を前に尻込みしている。そんな自分が情けなく、陰鬱な気持ちになった。

（……どちらにせよ、ちゃんと話をしなきゃ駄目だよな）

逃げ回っていても、状況は何も変わらない。

下手に帰宅が遅くなるような小細工などせず、用事が済んだらすみやかに帰ろう——そう決意し、飴屋は重い気持ちでため息をついた。

＊＊＊

朝の飴屋とのやり取りを思い出すと、つい作業の手が止まってしまう。

あれからもう数時間が経つものの、あかりはモヤモヤとした気持ちのまま庭仕事をしていた。

（こんなことになるなら、昨夜のうちにちゃんと話しておけばよかったな。わたし、笹井さんとの会話を消化するのにいっぱいいっぱいで、全然悠介のフォローができなかった）

今朝の彼が微妙に自分と視線を合わせなかったのを思い出し、あかりは暗い気持ちになる。

今日飴屋が出掛けるのは事前に聞いていたものの、すっかり失念していた。昨日の笹井の訪問はあかりにとってかなりのイレギュラーなでき事で、今も心の整理がついたわけではない。そのため、飴屋とは一晩置いてから話そうと思っていたが、それが裏目に出てしまった。

辛抱強い彼が、口に出さなくてもいろいろなことを考えているのは、あかりにはよくわかっている。ぎこちない空気のまま出掛けさせてしまったのが申し訳なく、あかりは朝から何度も時計を確認していた。

今の時刻は午後一時で、もし帰りが夜になるのだとしたら、まだまだ飴屋は戻りそうにない。またひとつため息をつき、重い気持ちで庭の手入れを再開しようとしたとき、ふいに庭の入り口から声がした。

「こんにちはー、あかりちゃん、いるー？」

「奈緒ちゃん」

庭の入り口には、ベビーカーを押した笑顔の奈緒が立っている。あかりは慌てて言った。

「わざわざ来てくれたの？　連絡をくれたら、わたしがそっちに行ったのに」

「いいの、いいの。運動不足になるから、意識して歩かないとさ」

末っ子の亜子をベビーカーに乗せて遊びに来た彼女は、暑そうに胸元を扇いでいる。

あかりは家に上がるように言い、扇風機を点けて二人のほうに向けた。そしてキッチンでお茶の用意をしながら、「どうぞ、座って」とダイニングの椅子を勧める。

「ありがと。少し涼しくなったと思ってたけど、晴れてるせいか歩くと暑いね」

「湿度がない分、だいぶ過ごしやすいけどね」

奈緒は妊娠するまで、家事に加えて家業の農作業も手伝っていて、常に動き回っていた。

そのため、今は家で安静にしているのが退屈で仕方ないらしい。悪阻がすっかり治まってからは余計に暇を感じてしまい、今日は徒歩だと十五分ほどかかるあかりの家まで運動がてら遊びに来たのだという。

あかりは棚からグラスを出しつつ、彼女に問いかけた。

「亜子ちゃんは飲み物、ジュースでいいかな」

「あ、お茶でいいよ。この子あんまりジュース飲まないんだ」

亜子はフローリングの床に座り、持って来た人形をおめかしさせておとなしく遊んでいる。奈緒が庭に積まれたこんもりとした枝の山を眺めて言った。

「庭仕事中だったの？」

「うん。夏のあいだにすごく茂っちゃってて、今いろいろ伐採しているところ。トマトは今年すごく出来すぎちゃったから、来年からはちょっと量を考えないと」

収穫したトマトは、まとめてトマトソースやミートソースに加工した。二人前ずつフリーザーバッグに平らにして冷凍したものが、山のようにある。

彼女に持って帰るかどうか聞くと、「いいの？」と目を輝かせて、あかりはようやく冷凍庫の余裕ができることにホッとした。

「そういえば、希代のことだけどさ」

向かい合って座ったダイニングテーブルで、奈緒がスマートフォンをいじりながら言った。

「二股してるのが男にバレて、派手な修羅場になったんだって。やっぱパチンコ屋の店員と公務員、同時につきあってたみたいよ」

二人とも隣町の人間らしいが、たまたま鉢合わせて修羅場になり、希代は結局双方と破局したという。

それを聞いたあかりは、何とも言えない気持ちでつぶやいた。

「大変だね」

「実はちょっと前に、尻尾つかんでたんだ。友達が写真撮ってくれて」

「ほら、これ」と言って見せられたスマートフォンの画面には、ラブホテルから腕を組んで出てくる若い男女の写真が表示されている。

そこに写っているのは、紛れもなく希代と二十代半ばくらいの男性だった。

「他の日に別の男と出てくるのもあるから、もう決定的でしょ」

「よくこんなのが撮れたね」

「だってこの辺でラブホって言ったら、〝セピア色の詩《うた》〟しかないんだもん」

一軒しかないラブホテルは近隣の若者たちの需要が高く、根回ししてすぐにこの写真が撮影され、奈緒のところに送られてきたらしい。

もしかすると修羅場は偶然ではなく、誰かが両方の男性にリークしたのかもしれないと彼女は語った。希代は奔放な振る舞いであちこちに恨みを買っていたため、足を掬《すく》いたいと考えている人間には何人も心当たりがあるという。

「じゃあ、大変だったんだ。希代ちゃん」

「うーん、でも自業自得じゃない？　二股した挙げ句、それとは別の男にも愛想振りまいてたくらいだしね。例えば飴屋さんとか」

狭い集落ではこんな話はすぐに広まり、さぞかし希代は落ち込んでいるに違いない。あかりはそう考えたものの、奈緒によるとそんなこともないらしい。

希代に近い人間の話によると、彼女は今回の件に関してすっかり開き直り、「自分はどっちの男にも本気じゃなかった」「向こうが好きって言うから、仕方なくつきあってあげただけ」などと嘯《うそぶ》いて「こんな田舎じゃいい出会いもないから、都会に行って仕事を探す」と語っているという。

奈緒が呆《あき》れ顔でため息をついた。

「あいつは何の資格も持ってないから大企業で働くのなんて無理だし、都会に行ったからってハイスペックな出会いはそうそうないのに、かなりドリーム入ってるよね。その前に男どもから請求されてる旅行の立て替え分やら、もらっといてさっさと売り払った高いプレゼント代やらを、耳を揃《そろ》えて返していけって感じだけど。一応、今の希代はフリーだから、暇潰しにまた飴屋さんにちょっかい掛けられないように気をつけて」

だが飴屋は希代からの告白をはっきり断り、アドレスもすぐ着信拒否にしたと言っていた。あかりがそう説明すると、彼女は「へー、硬派じゃん」と感心したように笑う。

それから一時間ほど、取り留めのない話をした。奈緒のお腹の子はもうすぐ五ヵ月で、年が明けて二月頃に生まれる予定だという。

「性別って、まだわからないの？」

「たぶん六ヵ月くらいにわかるんじゃないかな。健司は女の子がいいって言ってるけど、私の勘だと何となく男のような気がする」

そう言って笑った彼女が、アイスコーヒーを一口飲んで言った。

「まあ、元気ならどっちでもいいや。そういえばここの自治体、過疎対策で出産祝い金がかなりもらえるんだよ。あかりちゃんもさっさと二、三人産むしかないね」

「えっ」

人口の流出に悩む自治体は、子育て世帯への福祉を充実させることで若い世代の移住推進を図っているらしい。

ふと時計を見ると、時刻はもうすぐ三時になるところだった。それを見た奈緒が「ヤバい」とつぶやき、慌てて立ち上がる。

「双子が幼稚園から帰ってくるから、そろそろ戻んなきゃ。すっかり長居しちゃった」

「あ、トマトソース持っていって」

あかりが冷凍庫からトマトソースとミートソースを取り出して渡すと、彼女は喜んで受け取る。ついでに開けてしまったお菓子も「双子にあげて」と言って持たせ、外に出た。

奈緒が亜子をベビーカーに乗せて家の敷地から公道に出たところで、特徴的なエンジン音が聞こえる。あかりが顔を上げると、道の向こうから黒のピックアップトラックがこちらにやって来るところだった。

朝の段階では「帰宅は何時になるかわからない」と言っていた飴屋だったが、意外に早く用事が終わったらしい。

そうあかりが考えていると、奈緒が興味津々な顔で問いかけてきた。

「もしかして、あれが飴屋さんの車？」

「そう。あ、奈緒ちゃん、まだ会ったことなかったんだっけ」

「うん」

そうこうするうち、敷地内に乗り入れた車の運転席から飴屋が降りてくる。

彼の身長を見た奈緒が、「デカっ」と隣でつぶやくのを聞きつつ、あかりは飴屋に声をかけた。

「おかえり。こちら、健司くんのお嫁さんの奈緒ちゃん」

「奈緒でーす。いつもうちの健司がお世話になっちゃって、すみません」

奈緒はいつもより高い声で愛想よく挨拶したあと、突然あかりの腕をつかんで引っ張り、ヒソヒソと言う。

「ちょっ、マジでイケメンなんだけど。よく捕まえたねー、やったじゃん！」

「う、うん」

「これは希代がちょっかい出すはずだわ。だってあいつの好み、モロどストライクなんだもん」

ベビーカーに乗った亜子が動かないことに焦れ、足をばたつかせて「ママぁ」と騒ぎ出す。

奈緒が「はいはい、今行くから」と返事をしてベビーカーを揺すり、飴屋を見た。

「健司、いつもここで一服してるんですよね？　ほぼ毎日だって言ってましたけど」

「まあ、だいたいそうかな」

「もしお仕事の邪魔だったら、遠慮なく追い返してくださいね。あいつ、言わないと全っ然わかんないタイプなんで。空気が読めないんです、マジで」

「ああ。邪魔なときはそうする」

軽く噴き出して返事をした飴屋に、彼女は「今度はぜひ、家に遊びに来てほしい」と誘っていた。

健司の父親は酒好きで、近所の人や家によく出入りしている健司の友人たちと飲むことも多く、家はいつもにぎやからしい。

飴屋が笑ってそれを了承し、奈緒があかりに「じゃあ、またね」と言って帰っていく。

それを見送ったあかりは、傍らに立つ彼を見上げた。

「帰り、もっと遅いのかと思ってた」

「うん。意外に早く全部終わったから」

飴屋が自身の車に歩み寄り、ドアを開けて中の荷物を運び出す。

いつもどおりの態度に見えつつ、やはりどこかよそよそしい感じがして、あかりは黙って彼を見つめた。バンと音を立て、車のドアが閉められる。そのまま玄関の引き戸の鍵を開ける飴屋に、あかりは後ろから声をかけた。

「悠介」

「ん?」

「話があるの」

飴屋は一瞬鍵を回す手を止めたものの、そのまま無言で玄関の引き戸を開けた。

彼は家に入り、縁台に荷物を置く。そしてポケットから煙草を出すと少し息をつき、顔を上げてようやくあかりを見た。

「……外で話そうか」

＊＊＊

展示会の打ち合わせを終え、諸々の用事を済ませた飴屋が帰路についたのは、昼過ぎのことだった。

二時間ちょっとかけて自宅に到着すると、たまたま通りにはあかりと彼女の家に遊びに来ていたという健司の妻の奈緒がいた。

健司とはかなり親しい間柄となったが、飴屋が彼女と会うのは初めてだ。金に近い茶髪の奈緒は派手なギャル系の容姿をしており、体型も細いためにパッと見は三人の子持ちには見えない。

　人懐こく社交的なところは健司に通じるものがあって、ある意味似た者同士の夫婦という印象を受けた。あかりとはかなり仲がいいらしいが、二人の見た目のギャップからすると少々不思議な感じがする。

　そうして奈緒が帰ったあと、あかりは案の定「話がある」と切り出してきて、飴屋は思わず身構えてしまった。

（……やっぱ、そう来るよな）

　ちゃんと話をしようと考えていたため、今さら逃げるつもりはない。

　それでも往生際悪く時間をかけ、飴屋はことさらゆっくりと縁台に荷物を置く。そしてようやくあかりのほうを振り返り、「外で話そう」と提案した。

　戸口の横のベンチに並んで腰を下ろすなり、飴屋は気持ちを落ち着かせるべく煙草を咥《くわ》えて火を点ける。それを見つめながら、あかりが意を決した様子で口を開いた。

「――昨日、うちに来た人のことだけど。昔つきあってた元上司なの」

　覚悟していたこととはいえ、実際に彼女の口から聞くとやはりショックだった。

　飴屋はしばらく沈黙し、やがてポツリと「……やっぱりそうか」とつぶやく。そして煙草の先端から立ち上る煙を見つめ、押し殺した声で言った。

「あかりが急いで外に出て行くのを見たとき、『尋常じゃない』って思ったんだ。あんなに必死な姿を見るのは、初めてだったから」

その原因がずっと忘れられなかった元彼だと思うと、複雑な思いがこみ上げる。

昨日見た光景を思い出しつつ、飴屋は言葉を続けた。

「戻ってきたときのあかりは知らない男と一緒で、年齢的に前に言ってた元上司なんだってわかった。そうじゃなきゃ、あそこまで慌てて出て行ったりしないんだろうって」

「……うん」

あかりがうつむきがちに、笹井と話した内容を説明し始める。

彼が闘病生活の合間、体調のいいときを見計らって会いたい人のところを訪ね歩いていること。笹井は知人からあかりの現在の暮らしを聞いたことをきっかけに、過去のでき事を謝罪しに来てくれたこと——。

「久しぶりに笹井さんに会って……いろいろ考えたの」

彼女の言葉に、手の中でライターを弄んでいた飴屋はふと動きを止める。

ついに別れを切り出されるかもしれない予感に、ヒヤリとしていた。

(くそ……落ち着け)

あかりに何を言われても取り乱すまいと、飴屋は覚悟を決める。話がどう転ぼうと、みっともない真似だけはしたくない。

そんな飴屋をよそに、彼女は往来に視線を向け、言葉を選びながら言った。

「わたし、叶《かな》わなかった想いが何年もずっと苦しかった。元々自分から強引に始めた関係だったから、彼に一度も好きだと言われたことがなくても、それを直接責めたりできなかった」

「…………」

「たった一ヵ月で別れを告げられてからは自信を失って、自分に何の価値もないような気がした。もうあんなふうに誰かを好きになることはないんだろうって……そう考えてた」

飴屋は煙草を咥えながら、前を見据えて黙って話を聞く。

気づけばフィルター部分を、強く噛《か》んでいた。あかりを一ヵ月で捨て、強い劣等感を植えつけた笹井に、怒りがこみ上げていた。

(そうやって捨てたくせに、何で今さら会いに来るんだ)

〝許されたいから〟というのが理由なら、それはあまりにおこがましい。

そもそも二人の関係はあかり一人の罪ではなく、一度は受け入れた彼のほうにも非があったはずだ。そう考える飴屋の横で、彼女は足元を見つめて言葉を続けた。

「彼とつきあっているときは、わたしのほうが一方的に好きなんだろうなっていつも感じてた。その気のない笹井さんに告白して、渋る彼を無理やり押しきって関係を持ったのは……わたしだから」

あかりの心には、自分は笹井にそれほど好かれていないのではないかという考えが常にあったという。

だからこそ一ヵ月で別れを切り出されたときは、「ああ、やっぱり」と諦めに似た思いで受け入れたらしい。

どこか淡々と当時の心情を語る彼女の言葉を聞き、飴屋の中に痛々しさが募った。そんなにも寂しい恋愛だったのに、あかりは自分を捨てた笹井を何年も忘れられずにいた。中途半端な情をくれた相手をいつまでも恋しいと思い、もう完治の見込みのない病気だと知って彼を失う怖さに怯《おび》える日々は、どれほど孤独だったことだろう。

そんな人間がはるばる自分を訪ねてきて、心が動かないはずがない。そう考え、飴屋は重苦しい思いが心を満たすのを感じた。

（やっぱりあかりは、今もあの男のことが忘れられないんだな。長いこと想い続けてきたんだから、俺程度が太刀打ちできるわけがない）

複雑な気持ちを整理するように、隣に座るあかりが一旦口をつぐむ。

目の前の道路を車が二台通り過ぎていき、辺りが静かになった。そのタイミングで、彼女が口を開いた。

「でも昨日、笹井さんが『あのときは本当に奈良原が好きだった』って言ってくれて……『いっそ何もかも捨ててもいいと考えるくらい、君のことが大切でいとおしくて仕方なかった』って言ってくれて、長く苦しかった時間が報われた気がしたの。ようやく自分の中の彼への気持ちを手放せる気がして」

（……えっ？）

あかりの言葉は、飴屋にとってひどく予想外なものだった。「笹井への気持ちを手放す」と言ったように聞こえたが、それは本当なのだろうか。

驚きのまま飴屋が視線を向けると、彼女がじっとそれを見つめ返してくる。しばらく無言だったあかりが、やがて目を伏せて言った。

「誤解しないで。今の彼は、わたしに対してそんな気持ちはまったくないから。わたし、別れてからも笹井さんが好きだった。仕事を辞めて帰国して、この家を買って一人で住み始めても、ずっと彼を忘れられずにいた。でも昨日、四年ぶりに会ったら、懐かしいとは思っても前みたいに灼《や》けつくような気持ちは、まったく感じなかったの。笹井さんの心が欲しくてどうしようもなかったときの飢餓感も、既になかった。自分でもそれが……すごく意外だった」

膝の上で組んだ両手を強く握り、彼女がしばし押し黙る。そして「だから」と言葉を続けた。

「長いことこだわっていたようでいて、実際に笹井さんに会ったら自分の気持ちが少しずつ変わっていたんだなって気づいた。ずっと『まだ彼を好きなんだ』『妻帯者に手を出してしまったんだから、自分が誰かを好きになる権利はないんだ』っていう考えで雁字搦《がんじがら》めになってたけど、そういう凝り固まった考えを変えてくれたのは悠介だと思ってる。悠介が傍にいてくれたから、今のままのわたしでもいいって言ってくれたから……自分の中で、笹井さんへのこだわりを整理できてたのかなって」

思いがけない言葉に呆然《ぼうぜん》とし、飴屋はただ無言であかりを見つめる。彼女がこちらに向き直り、頭を下げてきた。

「笹井さんの件はわたしなりに区切りがつけられたし、きっと彼に会うことはもうない。だから悠介にいろいろ心配させてたなら、ごめんなさい」

あかりの言葉を聞き、しばらく飴屋は言葉が出なかった。最悪の事態も想定していただけに、まだこの成り行きが信じられない。

しかし時間が経つにつれ、彼女が語った話の内容がじわじわとのみ込めてくる。飴屋は深くため息をつき、口を開いた。

「本当は、不安だった。元上司に会ったことで、あかりが向こうとやり直すって言い出すんじゃないかって」

「……うん」

「あかりの気持ちが俺にあるのを、まだどこか信じきれないでいた。全然駄目だな、俺は。余裕なんてまったくない」

だから直接話し合うことを避け、往生際悪く逃げ回っていた。

あかりはそんなこちらの態度に気づいていたのか、遠慮がちに問いかけてくる。

「だから昨日から、わたしのことを避けてたの？」

「うん。あかりからいつ別れ話を切り出されるかって、ヒヤヒヤしてたから」

冗談めかして言ったものの、それはまごうことなき本音だ。

こうして笑って口に出せることに、今になって安堵《あんど》の気持ちがこみ上げる。あかりが申し訳なさそうに言った。

「ごめんね。いつも悠介を振り回してばかりで」

「まったくだ。でも、やきもきさせられるのは、もうしょうがないって思ってるよ。面倒臭い女に惚《ほ》れた自覚があるから」

それを聞いた彼女が、何ともいえない表情で押し黙る。

比喩でも何でもなく、こんなふうに飴屋を振り回す相手はあかりが初めてだ。過去の恋愛でそこまで誰かに入れ込んだことがなかったからだが、今の状況は決して嫌ではない。

（いろいろ事情があっても、やきもきさせられても、会わなきゃよかったとは思えないんだよな）

数ヵ月前に熱中症で行き倒れた飴屋をあかりが介抱して以来、感情としてはさまざまな波があった。

それでも彼女に対する愛情は変わらず、そんな自分をどこか新鮮に感じる。笹井に対して言いたいことはいくつもあるものの、第三者が口を出す問題ではない。あかりが彼と話をすることできっちりと過去に線引きできたのなら、やはり会えてよかったのだろう。

そう考え、短くなった煙草を捨てた飴屋は、最後の煙を吐き出しながら言った。

「ちゃんと話せて、よかったな」

「……うん」

頷いたあかりが、往来を見やる。

その横顔には、長くこだわっていた過去にようやく区切りがつけられたことへの安堵と寂しさ、両方が存在しているように見えた。

真面目な彼女はおそらく今回のことを深く考え、飴屋に対して「申し訳ない」と思っているに違いない。そう思った飴屋は腕を伸ばし、無言であかりの手を握りしめる。

自立した女性である一方、彼女にはときどきひどく危なっかしいところがある。しかしあかりがどんなふうに迷っても、傍にいて支えられる人間になりたい。そう強く願った。

(でも、そのためにはもう少し修業が必要か)

六歳の年齢差はどうしたって縮まらず、先ほど弱い部分を露呈してしまったことで頼りなく思われた可能性は充分考えられる。

だからこそ、向き合うことに尻込みして逃げ回るような真似は今日で最後にしようと飴屋は考えた。この先もずっと一緒にいたいなら、そのための努力を少しずつ重ねていくしかない。

あかりがそっと手を握り返してきて、その柔らかさとぬくもりがじんと沁《し》み入っていく。

そのまま二人、しばらく無言でベンチに座っていた。高く澄んだ空にトンボが飛んでいき、秋らしい涼しい夕方の風が吹いた。

＊＊＊

それから五日が過ぎて、飴屋の展示会の日程が三日後に迫った。

　秋分の日から四日間の日程で行われるそれは、飴屋を含めた五人の作家の合同で、都市部のそこそこ大きなギャラリーで開催されるらしい。あかりは興味津々で問いかけた。

「みんな染色の人なの？」

「いや、一人は刺繍《ししゅう》作家で、もう一人は陶芸作家。確かこのへんにDMが……」

　飴屋がゴソゴソと引き出しを漁り、やがて探し出したDMをあかりに手渡してくる。

〝若手工芸作家　五人展〟と銘打たれたスタイリッシュなハガキには、参加する作家の名前がずらりと並んでいた。あかりはそれぞれの肩書を見つめてつぶやく。

「刺繍作家さんって、初めて聞いた」

「うん。和刺繍の人で、訪問着や小物に柄を入れたりするんだけど、ほんとに精緻ですごいよ。友禅とはまた違った良さがある」

　その作家は訪問着の他、和装バッグや袱紗《ふくさ》などの小物を作っているといい、あかりは興味をそそられた。

（実物を見てみたいけど、わたしが行ったら悠介の接客の邪魔になるかも。やっぱり顔を出さないほうがいいよね）

　彼が展示会を終えて帰ってきたら、会場の写真をゆっくり見せてもらおう。

　そう思っていると、こちらの考えを読んだように飴屋が問いかけてきた。

「あかりはいつ来る？」

「えっ、行っていいの？」

「もちろん。初日は混むから、中日か最終日のほうがいいかもしれないけど」

彼の言葉に目を輝かせ、あかりは手渡されたハガキを改めて見つめる。

飴屋の仕事を見ているうち、あかりはすっかり染色の世界に魅せられていた。複雑な工程から紡ぎ出される繊細な作品が素晴らしく、他の作家のものにも自然と興味が湧いている。

彼は展示会の二日前の明日の夜から実家に泊まり、明後日から会場の設営と作品の搬入をするらしい。

出展するのは既存の作品の他、新作の訪問着や色無地、帯など数点だという。仕立て屋に出していた訪問着も戻ってきて、ようやくすべての作品が揃ったことでホッとしたのか、今日の飴屋は少し疲れた様子を見せていた。

(でも……)

明日から五日間も不在なのだと思うと、あかりは寂しさをおぼえる。

こんなにも長く彼が家を空けることは今までなく、今日は朝からそわそわと落ち着かない気持ちだった。しかしそれを表には出さず、飴屋が持っていく作品の梱包《こんぽう》を手伝い、いつもより少し遅い時間に夕食を取って、台所を片づける。

やがて午後九時、シャワーを浴びて戻ってきた彼に、「何か飲む?」と聞いて顔を上げた瞬間、あかりは強く腕を引かれて抱き寄せられた。

ドキリとして息をのむと、飴屋が腕の中にすっぽりとこちらの身体を抱き込んでささやく。

「五日間もあかりと離れるなんて、正直しんどい」

その言葉を聞いたあかりは、ずっと心の中で燻っていた寂しさを揺り動かされる。

それでも平静を装い、笑って問いかけた。

「途中で見に行くのに？」

「会場では、あかりに触れないだろ」

拗《す》ねたような飴屋の言い方を可愛く思いながら、あかりはなだめるように言った。

「わたしも寂しいけど、お仕事だからしょうがないでしょ」

「うん。……頑張って売ってこないとな」

「そうそう。頑張って営業してきて」

クスクス笑った途端、唇に触れるだけのキスをされる。唇を離した彼が、あかりと額を合わせてささやいた。

「――長く離れる分、抱きたい」

熱っぽい言葉に、心がじんと疼く。

もう何も感じていないふりはできず、あかりは飴屋の背に腕を回して答えた。

「わたしも、悠介に……触れたい」

薄暗い部屋の中でもどかしく服を脱がせ合うあいだ、離れがたくて何度もキスをする。ベッドに押し倒されて肌が密着すると、その熱さにため息が漏れた。触れたところからじわじわと熱を移されながら、あかりは無駄なところのない引き締まった飴屋の身体を撫《な》でる。

彼が小さく笑って言った。

「あかりの身体の大きさ、いいよな。細くてすっぽり抱き込めて、腕にしっくりくる」

「そう？」

飴屋が頷《うなず》き、あかりの髪に顔を埋める。

「サラサラの髪もいい。いつも甘い匂いがする肌も」

彼がふいに「あかりは？」と問いかけてきて、驚いて顔を上げた。

「えっ？」

「俺の好きなとこ」

そういえば、一度も言ったことがなかったかもしれない。そんなふうに思いつつ、あかりは少し考えて答える。

「手、かな」

「手？」

「悠介の手が好き。この手があんなにきれいなものを作るんだと思うと、ほんとにすごいなって尊敬する」

指の長い大きな手は、驚くほど繊細で細かい仕事をする。

飴屋が作った作品を思い浮かべながらそう答えると、彼は少し不満そうな顔をして言った。

「……職人の部分を褒められてもな」

あまりうれしくなさそうな顔をする飴屋に、あかりは笑って付け足した。

「職人さんの部分だけじゃなくて、この手はいつも優しいから。悠介の顔も声も、全部好きだよ。ずっと待っててくれる気の長い性格も」

言葉にすると、なおさらそんな想いは強くなる。すると彼がさらりと言った。

「たぶん、傍から見てるほど余裕ないけどな、俺」

「そうなの？」

「うん。あかりに関しては」

大きな手のひらが身体を辿《たど》り、同時に耳朶《みみたぶ》を舐《な》められる。ゾクゾクした感覚に息を乱すと、飴屋がこちらの耳元で言葉を続けた。

「独占欲だらけだ。いつだって触れたいし、他の誰にも見せたくない。暇さえあれば、そんなことばっかり考えてる」

普段は穏やかな彼の熱を孕《はら》んだささやきに、あかりの胸がきゅうっとする。

飴屋が胸のふくらみをつかみながら先端を舐めてきて、じわじわと体温が上がった。彼は執着を示すように肌のあらゆるところに丹念に触れ、時間をかけてあかりの身体を溶かしていく。

「……っ、あ……」

広げた脚の間に顔を伏せられ、花弁を這う熱い舌の感触に乱される。

溢《あふ》れ出た蜜を舐め、敏感な尖《とが》りを舌で押し潰された途端にビクッと腰が跳ねて、身体が勝手に逃げようとした。それを飴屋の腕がやんわりと押し留め、なおも舌で嬲《なぶ》ってくる。

「……はぁっ……あ……っ」

ぬめる感触がひどく淫靡《いんび》で、尖《とが》りを舐め上げられるたびに身体の奥が潤み出すのを止められない。

ふいに蜜口を彼の指がくすぐるように撫で、そのままゆっくりと中に押し入ってきた。

「んん……っ」

濡《ぬ》れた隘路《あいろ》はたやすく飴屋の指を受け入れ、中を探られるとビクビクと震えて締めつける。

花芯を吸いながら奥の感じやすい部分を掻《か》き回される感覚は強烈で、あかりはやるせなく足先でシーツを掻いた。すると彼が抽送を速め、そのまま指で追い上げてくる。

「あ……っ、はっ、ぁ……っ！」

達した瞬間、奥がぎゅっと収縮し、中に挿れられた指をこれ以上ないほど強く締めつける。一気に汗が吹き出し、あかりは荒い息のまま目を開けた。

すると飴屋が指を引き抜き、ズルリと内壁を擦られる感触に肌が粟立《あわだ》った。透明な愛液が糸を引くのが見えて、その卑猥《ひわい》さに強い羞恥がこみ上げる。彼のほうはまったく衣服を乱しておらず、そんな状況にもいたたまれなさをおぼえた。

（わたしばっかり感じさせられて……こんな）

これからしばらく会えないと思うと離れがたい気持ちがこみ上げ、もっと飴屋を感じたくてたまらなくなった。

しかし彼は早く繋《つな》がるよりあかりの身体を堪能したいらしく、こちらの花弁を広げてじっくりと鑑賞し始めて、かあっと身体が熱くなる。

「やぁっ……！」

「やらしいな、あかりのここ。どんなふうになってるか教えてやろうか」

咄嗟《とっさ》に首を横に振り、脚を閉じようとするものの、飴屋はそれを許さない。

彼の視線を感じるだけで隘路がきゅうっと収縮し、そんな反応をする自分が嫌であかりは唇を噛《か》んだ。飴屋の頭を押しのけるべく髪に触れると、その手を握り込んで指同士を絡ませ、彼が言う。

「真っ赤に充血してて、すごく濡れてる。入り口がヒクヒクしてるのが、エロくて可愛いな」

「んぁっ……！」

蜜で濡れたそこに、彼がじゅっと音を立てて吸いつく。

熱い舌が蜜口から中に入り込み、身体の内側を舐められる感触が強烈で、あかりは喘《あえ》い

だ。飴屋が秘所を舐めながら視線だけを上げてこちらを見て、その目が孕む欲情に頭が煮えそうになる。

彼の吐息がときおり素肌に触れるだけでゾクゾクし、あかりは快感に追い詰められていくのを感じた。やがて飴屋がひときわ強く花芽を吸った瞬間、背をしならせて達する。

「あ……っ！」

頭が真っ白になるほどの愉悦に、身体の奥から熱い愛液がドッと溢れ出す。

心臓が速い鼓動を刻み、あかりはぐったりしてシーツに横たわった。すると彼が口元を拭って身体を起こし、自身のスウェットの前をくつろげる。

（あ、……）

そこは既に隆々と兆していて、あかりは頬が熱くなるのを感じながら思わず視線をそらした。

自分の身体に触れて飴屋がそこまで欲情しているのだと思うと、恥ずかしさとうれしさがない交ぜとなった複雑な気持ちになる。

彼がポケットから避妊具を取り出し、薄い膜を自身に装着した。そしてあかりの脚を広げ、ようやく中に押し入ってくる。

「んっ……ぅっ、……ぁ……っ」

いつもより張り詰めた昂《たかぶ》りに圧迫感をおぼえ、あかりは意図して力を逃がす。

内臓がせり上がるような感覚はあるものの、ようやく飴屋と繋がれたことへの喜びがあり、中をきゅうっと締めつけてしまった。すると屹立を根元まで埋めた彼が息を吐き、あかりの目元にキスを落とす。

「……苦しい？」

あかりは首を横に振ったものの、息遣いで何となく苦しいのがわかるのか、飴屋はすぐには動かずに腕の中に抱き込んできた。

肌に感じる彼の体温にいとおしさがこみ上げて、あかりは思わずつぶやく。

「……好き」

言葉と同時に体内の剛直がわずかに動いた気がして、一瞬息を詰める。飴屋の背中に腕を回したあかりは、彼の耳元でもう一度ささやいた。

「悠介が、好き……」

すると飴屋が、苦虫を嚙み潰したような顔になって言う。

「……人が動きたいのを必死に我慢してるのに、何でこのタイミングでそういうこと言うかな」

「だって……」

彼がこちらの目元にキスをし、小さく「俺も好きだ」と応えた。そしてチラリと笑って言葉を続ける。

「あかりにそう言われると、うんと優しくしてやりたい気持ちと、反対にさんざん喘がせたい気持ちが湧いて、どっちにしようか困る」

「えっ？」

突然の発言を意外に思い、あかりは目の前の飴屋を見つめる。

（……別に困らなくてもいいのに）

彼になら、どうされても構わない。

どんなふうに抱かれても、きっと飴屋の手からは愛情しか感じないだろう。そう思いながら、あかりは答える。

「どっちでも、悠介のしたいほうでしていいよ」

「ん？」

「だって悠介は、本当の意味でわたしを傷つけたりしないでしょ」

するとそれを聞いた瞬間、彼を取り巻く雰囲気がわずかに変わる。あかりの膝をつかんだ飴屋が、押し殺した声で言った。

「――ごめん、きつかったら言って」

「えっ？　……ぁっ！」

いきなり楔《くさび》を奥深くまで押し込まれ、あかりは息をのむ。

そして抜け落ちそうなほど腰を引き、彼はすぐにまた自身を最奥まで押し込んできた。

そのまま速度を上げた律動に激しく揺さぶられて、あかりはなす術もなく目の前の身体にしがみつく。

容赦のない動き方に中はぎゅっと引き絞るような動きをするものの、飴屋の勢いは止まらない。

「……あっ、や……っ……待っ……」

「痛い？」

「……っ、痛くない……っ、でも……っ」

「じゃあ、そのまんま声出してて」

「可愛い」とささやかれながら耳に舌を這わされ、ゾクゾクと走る快感に、あかりは中にいる屹立を強く締めつける。

肌を密着させたまま激しく揺さぶられると、声を我慢することができなかった。剛直の先端で最奥を押し上げる動きも、幹で内壁を擦られる動きもどちらもよくて、じわりと身体に汗がにじむ。

あかりは飴屋にしがみつき、ただ声を上げた。

「あっ……はっ、……ぁっ……ん」

「中、ぎゅうぎゅうに締めつけてくる。……激しくされるのがいい？」

「……っ……」

顔が赤らみ、あかりは何と答えていいか迷う。

返答に詰まる様子を見て彼が笑い、あかりの髪に口づけながらささやいた。

「俺はものすごくいい。一週間分、いろんなパターン試しておくか。激しいのも、ゆっくりなのも」

飴屋が「俺がしたいようにしていいんだろ？」と問いかけてきて、あかりは切れ切れに答える。

「……っ、いい、けど……っ、ぁ……っ！」

シーツにつくほど膝を押し広げられ、深く突き入れられたあかりは声を上げる。

すっかり蕩《とろ》けた内部は苦もなく昂りを受け入れていて、動かれるたびに甘い愉悦がこみ上げた。快感に追い詰められたあかりが達するのと同時に、飴屋が律動を緩めないまま荒っぽく唇を塞いでくる。

どこもかしこも埋め尽くされることに苦しさをおぼえながら、あかりはそのキスに応えた。

「ぅっ……はっ……」

余韻に震える内部を意識して締めつけた途端、彼の呼吸がわずかに乱れ、あかりはゾクゾクするほどの色気を感じる。

飴屋の額ににじんだ汗にそっと触れると、その手を捕らえてシーツに縫い留められた。熱を孕んだ眼差しで見下ろしながら、より深いところを求めて激しく突き上げられ、嵐のような快感に喘がされる。

やがてこれ以上ないほど奥まで自身を埋めた飴屋が、ぐっと顔を歪めて達した。

「……っ……ぁ……っ」

内襞が震えながら楔を強く締めつけ、薄い膜越しに放たれる熱に眩暈《めまい》がした。

あかりの体内から自身を引き抜いた彼が、避妊具の口を縛って捨てる。そしてまだ息が整わない身体を抱き寄せ、快楽の余韻に潤む内部に指を挿れてきた。

「んん……っ」

すぐに柔襞が反応し、身体の奥がトロトロと蕩け出す。

長い指で奥を掻き混ぜられるとすぐに快感を呼び覚まされ、あかりはいくらも経たずに達してしまう。

どこもかしこも混ぜ合いたい衝動のまま、その日の夜半まで互いの熱に溺れた。何度も抱かれて疲れ果てたあかりは、強烈な眠気に襲われる。

目を閉じて意識が遠のく瞬間、耳元で「愛してるよ」という優しいささやきを聞いた気がした。

（……わたしも……）

どうしようもなく、飴屋のことが好きだ。

心にじんと熱が灯るのを感じながら、あかりはすぐ傍にある体温に自ら身体を寄せる。

そして抱き返してくる腕の強さに安堵し、そのまま夢も見ず深い眠りに落ちた。

第九章

明るい日が差し込むリビングは、ついうとうとと眠気を誘われるほど暖かい。

山裾という土地柄もあって最近は朝晩めっきり冷え込むようになったものの、今日の日中は暖かく、まるで春を思わせる陽気になっていた。

ひどく長い、夢を見ていたような気がした。ソファでうたた寝していたあかりはぼんやりと瞼《まぶた》を開け、身体を起こす。時刻は午後二時半を指していて、昼食後に眠気を感じて横になってから一時間ほど経っていた。

今日は飴屋が所用で出掛けているため、気の緩みもあってついうとうとしてしまったらしい。彼が参加した合同展示会は、二日前に盛況のうちに終わった。かねてからつきあいのある顧客が訪れた他、ギャラリーのオーナーがとてもいい客層を呼んでくれ、長く在庫だった飴屋の屏風《びょうぶ》も売れたようだ。

彼は来月、純和風の民家を借りた個展を開くことになり、今日はその打ち合わせのために家を空けている。

あかりはぼんやりと窓の外を見つめた。夢の中で、ずっと誰かと話していた気がする。

内容はまったく覚えていないのに、あかりは何となく自分が誰と話していたのかわかった気がした。

胸を騒がせる予感のようなものがあったが、確証はない。それでいて気持ちがひどく静かなのが、自分でも少し意外だった。もしそのときが来たら自分はもっと取り乱すかもしれないと覚悟していたのに、不思議なほど心が凪《な》いでいる。

一体どのくらいの時間そうしていたのか、やがてダイニングテーブルの上に置かれたスマートフォンが鳴った。あかりは立ち上がって近づき、手に取ってしばらくディスプレイを見つめたあと、深呼吸して通話ボタンに触れた。

ポカポカと暖かな陽気の中、緩い下り坂をゆっくり歩く。

夏の盛りに青々としていた田んぼは先日稲刈りを終え、ひどく閑散としていてうら寂しい様相を呈していた。カーブを三つ曲がり、山からの道と市道が交差するところに出て左に曲がると、トタンの屋根がついたバス停がある。

半月前、道路を挟んで向かい側のバス停に降り立った男性の姿を、あかりはつい昨日のことのように鮮やかに思い出した。

先ほどの電話は友人の真理絵からで、内容は〝笹井が亡くなった〟というものだった。

『今日のお昼前に、亡くなったんだって。あかりと会った数日後から、体調を崩して入院してたみたいなんだけど……』

あかりは静かに「そっか」と答えた。

電話の向こうの彼女は泣いていて、鼻を啜《すす》りながら心配そうに問いかけてきた。

『……あかり、大丈夫……？』

あかりは「大丈夫」と答え、わざわざ知らせてくれたことに礼を述べて電話を切った。

明るい日差しが降り注ぐ中、辿《たど》り着いたバス停のベンチに座る。半月前はまだ夏の暑さを残した天気だったが、九月下旬の今はもう秋で、空気はすっかり涼しいものに変わっていた。

陽光の温かさを感じながら、あかりは昔を思い出す。笹井と出会った頃のこと、かつての仕事のこと、ロンドンでの暮らし――考えているうちに、ふいに目の前にバスが滑り込んできて停まり、驚いて顔を上げた。

後ろの乗車口が開くのを、ベンチに座ったまま見つめる。しばらくすると前側のドアが開き、初老の運転手が「乗るかい」と聞いてきた。

「――いいえ」

プシュッという音と共にドアが閉まり、バスが排気ガスを出しながら発車する。

あかりは無言でその後ろ姿を見送った。あのときも、こうして走り去っていくバスを見ていた。

（……笹井さん）

去り際の笹井の笑顔、目尻の皺《しわ》が思い出されて、気がつくと涙が零れていた。

ベンチに背を預けたあかりは、深呼吸して空を見上げる。淡い色の秋空は高く澄んでいて、鰯雲《いわしぐも》がまだらに浮かんでいた。

それを見つめながら、あかりはいつまでも動けず、長いことベンチに座り続けていた。

＊　＊　＊

一日を通してよく晴れた今日は、日差しがとても眩《まぶ》しい。

個展の打ち合わせを済ませ、実家に顔を出してから帰路についた飴屋は、自宅まであと少しというところでふと目を瞠《みは》った。

山からの道と市道が交差する地点にあるトタン屋根がついた古いバス停に、誰かが座っている。それがあかりだと気づき、飴屋はひどく驚いた。彼女は買い物帰りという風情ではなく、荷物もなく手ぶらでぼんやりとベンチに座っている。

（……何があったんだろう）

特に用事もないのに、あんなところに座っている理由がわからない。

ブレーキを踏んだ飴屋は、バス停の道路を挟んで向かい側の車線に停車し、パワーウィンドウを開けて呼びかけた。

「――あかり」

運転席の窓から呼びかけると、ふと我に返った様子であかりがこちらを見る。

飴屋はハザードランプを点灯し、車から降りた。そして左右を確認し、車が来ていないのを確認して車道を渡る。彼女は飴屋の出現に戸惑っている様子だったが、その目元が泣いたあとのように赤くなっていた。

飴屋は不審に思いながら問いかけた。

「一体どうしたんだ、こんなところで」

「…………」

「もしかして、泣いてたのか？」

泣き腫らした様子の目元にそっと触れ、飴屋は熱を持ったそこを指先で撫《な》でる。

するとあかりは躊躇《ためら》いの表情で言いよどんだものの、やがて小さな声で答えた。

「笹井さんが亡くなったって、さっき知人から連絡があって。……気がついたらここに来てたの」

飴屋は何と答えるべきか迷いつつ、彼女の隣に腰を下ろす。

あかりの元交際相手である笹井は、半月前に会いに来たばかりだ。そのときは遠目にもひどく痩せているのが見て取れて、あまり健康そうには見えなかった。

（……だから泣いてたのか）

つい最近顔を合わせた相手が亡くなったと知らされるのは、たとえ過去の恋愛関係がなくてもつらいものだろう。

そう考えた飴屋はしばらく沈黙したあと、「……そうか」とつぶやいた。

「癌《がん》だって言ってたっけ」

「……うん」

「人が亡くなるのは……つらいな」

彼女と笹井は、長く上司と部下の間柄だったという。

あかりから話を聞いたときは、仕事の面で非常に彼を尊敬しているのが伝わってきた。積み重ねてきた年月の分、さまざまな思い出があるはずで、飴屋は一体どんな言い方をすれば彼女の気持ちを和らげてやれるのかわからない。

ポケットから煙草を出して一本咥《くわ》えたとき、あかりがことさら明るい口調で言った。

「でもわたしの中では、もう終わったことだから。こうなるのは覚悟してたし」

飴屋は火の点いていない煙草を咥えたまま、隣に座る彼女を見やる。

〝終わったこと〟と言いつつも、あかりは泣き腫らした目をしている。きっと自分が通りかかるまで、ここに座って一人で泣いていたに違いない。

今の発言はこちらを気遣ってのものだとわかり、飴屋は小さく息をついた。そしてあかりの頭をつかんでぐいっと肩口に引き寄せ、顔を見ずに告げる。

「──いいよ、別に無理しなくても」

「………」

「亡くなった人のために泣いても、嫉妬したりはしない。だから泣きたいなら泣けばいい」

彼女がぐっと息を詰め、一瞬泣きそうに身体を震わせた。しかし深呼吸をしてそれをやり過ごし、小さく答える。

「……大丈夫。さっきいっぱい泣いたから」

「…………」

「でもしばらく、こうしててもいい？」

「いいよ」

飴屋は頷《うなず》き、煙草に火を点ける。

あかりが強がっているのは、その態度でわかっていた。だが先ほども言ったとおり、知っている人間、しかも何年にも亘《わた》って上司だった人が亡くなってショックを受けるのは当たり前だ。

それが恋愛関係だったならなおさらで、平静でいるのは難しいだろう。おそらく彼女はこちらに気を遣って平気なふりをしているのだろうが、「寄りかかってもいいか」と聞いてくるところに以前はなかった自分への信頼を感じ、飴屋はうれしくなる。

（俺はあかりの悲しみを、肩代わりすることはできない。でも今、こうしてわずかな支えになれていれば、それでいい）

ハザードランプを点滅させる飴屋の車を、あかりはぼんやりと見つめていた。

彼女の中にさまざまな感情が渦巻いていることが、触れ合った肩から伝わってくる。それは長年想い続けた笹井への思慕や、遠いところをわざわざ会いに来てくれた日のこと、そして残された彼の家族に対する思いもあるのかもしれない。

しばらく互いに沈黙していたものの、あかりは結局何も口にはしなかった。それは彼女なりに、きちんと過去に折り合いをつけられているからだろうかと飴屋は考える。

「……打ち合わせ、どうだった？」

ふいに彼女が何気ない調子で問いかけてきて、飴屋もいつもどおりの口調で答えた。

「会場になる民家を見せてもらったんだけど、すごかったよ。ほんとに純和風で、創作意欲を刺激される感じ」

「ふうん」

「アンティークの和箪笥《わだんす》とか、文机とか、調度のひとつひとつがすごく絵になるんだ。うちは古いだけでまったく趣なんてないけど、やっぱり和に徹してる家はいいよな。友禅も映えるし」

寄り添って座ったまま、他愛もない話をする。伏し目がちに飴屋の話を聞くあかりの表情は、先ほどと比べるとだいぶ柔らかいものになっていた。

夕暮れ時のひんやりとした風が吹き抜けていき、ふと肌寒さを感じる。今日の日中は暖かかったが、最近は朝晩冷え込むようになり、飴屋は「もうすっかり秋なのだな」と考えた。

目の前を白くたなびく煙草の煙を見つめつつ、飴屋はあかりに向かって告げる。

「この煙草、吸い終わったら帰ろうか」

彼女がしばし押し黙り、やがて頷く。

「……うん、そうだね」

日が暮れた空が徐々にオレンジ色を消し、薄墨から藍のグラデーションになっていく。

ベンチに座ってそれを見つめ、二人は飴屋の煙草が短くなるまで、ずっと寄り添い続けていた。

＊　＊　＊

――日々は、滞りなく過ぎていく。

「まーた男だってさー、俺は女の子がよかったのになあ」

晴れた日の午後、飴屋の家に一服しに来た健司が、玄関先で煙草を咥えてぼやいている。

飴屋の家の土間にしゃがみ込み、染液を漉《こ》す作業の手伝いをしていたあかりは、笑って彼を見た。

「そういうこと言うと、奈緒ちゃんに怒られるんじゃない？」

「まあな、あいつは『どっちでもいい』って言ってたし、俺も元気なら男でもいいんだけどさ。……でもなあ」

最近の健診で、奈緒のお腹の子は彼女の直感どおり男の子だとわかったらしい。それでも女の子を諦めきれない様子の健司に対し、飴屋がさらりと言った。

「だったらもう一人、頑張るしかないだろ」

「うーん、五人目か。俺は全然構わないけど、実際産むのは奈緒だし」

「冗談のつもりだったんだけど、本気で構わないのか？」

「うん。俺、何人いてもいいから、子どもは」

本気でもう一人作るべきか悩み始める健司をよそに、キッチンペーパーで染液を漉し終えたあかりは飴屋を見た。

「これででき上がり？」

「いや。一晩置いて、明日また漉す」

彼が染液の入った重いバケツを「よいしょ」と言いながら持ち上げ、土間の隅に置く。

あかりが興味津々で仕事を見学しているうち、最近の飴屋はこうして簡単な作業を手伝わせてくれるようになった。失敗しないように細心の注意を払いつつも、あかりは彼の仕事に関われることが楽しくて仕方がない。

そんな二人の様子を戸口から見ていた健司が、ボソリと言った。

「そうしてるとさー、まるで夫婦じゃん、お二人さん」

「えっ」

「いつも一緒にいるし、まるで旦那の仕事を手伝う奥さんって感じ。とっとと結婚しちまえばいいのに」

あかりは何と返すべきか迷い、口をつぐむ。すると飴屋が、舌打ちして言った。

「健司、お前は邪魔だからもう帰れ」

「えっ？」

「俺ら、これから出掛けるから」

飴屋に「しっしっ」と犬のように追い払われた彼が、文句を言いながら帰っていく。

出掛けるといっても、行き先は近所のスーパーだ。最近は二人で一緒に買い物に出掛けて、夕食の献立をあれこれ考えることが日課になっている。

飴屋の車でスーパーに向かう道中、車窓から流れる景色を見つめながら、あかりは今朝の母親とのやり取りを思い出していた。

『まったくあなたは、生きてるんだか死んでるんだか、連絡ひとつよこさないで』

午前中にかかってきた電話は、母親の聡子の小言から始まった。

『たまには自分から連絡してくるのが親孝行なんじゃない？　黙ってたら半年でも音信不通ですものね』

「ごめんなさい。反省してる」

『そうそう、このあいだ亜季《あき》ちゃんの結婚式だったのよ』

聡子の言葉を聞いたあかりが「どうだった？」と水を向けると、彼女がうっとりした口調で答えた。

『亜季ちゃん、すっごくきれいだったわ。新郎さんは年上だけど、爽やかで素敵な方だったわよ。会社の方々やご友人の中に、年齢的にあなたにお似合いの人が結構いたのに』

あかりはパソコンの画面を眺めつつ話を聞いていたものの、母親の愚痴が一段落した頃、口を開いた。

「――あのね、実はわたし、今つきあってる人がいるの」

『えっ』

「だからそういう心配とか、もうしなくていいから」

聡子は一瞬押し黙り、すぐに相手の年齢や職業、人柄などを次々と質問してきた。

あかりが隠さずにひとつひとつ答えると、やがて彼女がため息交じりに言った。

『あなたが六つも年下を捕まえるなんて、ちょっと意外だわ。そんな女子力があったのなら、どうして今まで発揮しなかったの。勿体《もったい》ない』

狙って捕まえたわけではなく、結果的に年下だっただけだが、一体母親の中で自分はどれだけ低く評価されているのだろう。そう考えてあかりが苦笑いしていると、聡子が言った。

『でもまあ、うるさいことは言わないわ。あなたもいい歳なんだし、世間一般の女の子と違って経済的に自立しているものね。よっぽどひどい人じゃないかぎり、相手のことはとやかく言わないわよ』

「だからそのうち連れてらっしゃい」と予想外に好意的に言われ、あかりは驚きながらも適当にお茶を濁し、電話を切った。

（お母さんはああ言ってたけど、実家に連れていくのは正直気が引けるんだけどな）

あかりは運転席の飴屋を、チラリと見やる。

彼とつきあい始めた今も、結婚したいとは考えていない。そもそも飴屋に養われたいわけではなく、結婚が生活を共にして一緒にいる状態を指すなら、現状と何ら変わらないことになる。

「どうした?」

じっと彼の横顔を見つめていると、不思議に思ったらしい飴屋がふいに問いかけてくる。

我に返ったあかりは、慌てて首を横に振って答えた。

「ううん、別に。何でもない」

やがてスーパーに到着し、彼とカートを押して店内を見て回る。

田舎の店のために品揃《しなぞろ》えはさほど多くないものの、野菜と肉、魚などをバランスよく置いていて、鮮度がいいのが売りだ。今日は大きな秋刀魚が安く、あかりは傍らの飴屋を見上げて言った。

「これ、お買い得だって」

「いいな、秋刀魚。食いたい」

「でもどうせだったら、七輪とかで焼いてみたいかも。家のグリルで調理するより美味しそうじゃない?」

「じゃあ買うか、七輪」

そんな思いつきでスーパーのあとに金物屋に立ち寄り、七輪と炭、焼き網を買った。

帰宅して二時間ほどが経った夕方の時間帯、飴屋が手際よく炭をおこす。そして戸口横のベンチに座り、秋刀魚を焼き始めた。

七輪を見つめたあかりは、ふと思いついて言う。

「しし唐とか、椎茸《しいたけ》も焼いてもいい？　あ、長ネギもいいかも」

焼き網の空いているところに家から持ってきた野菜を並べ、あかりは彼の横に座って膝の上で大根をおろす。

そしてわくわくしながら焼き加減を眺めた。

「すごい煙だね。こんなにモクモクしたら、都会じゃ絶対に苦情がきちゃう」

「ここは周囲に何もない、集落の端っこだからな。苦情を言われる心配はない」

飴屋が笑い、火鋏《ひばさみ》で秋刀魚をつかんで裏側の焼き加減を確認する。

風がなく凪いだ空気の中、足元から秋のしんとした冷気が徐々に上がってきていた。最近は日が落ちるのがだいぶ早くなってきていて、見上げた空はきれいな夕日で茜《あかね》色に染まっている。

しばし言葉もなくそれを眺め、あかりはやりかけていた膝の上の大根に視線を落とすと、「甘くなーれ」と念じながら擦りおろした。それを見た彼が、噴き出しながら言う。

「甘くなるのか？　それで」

「うん。念じながら丁寧におろすと、大根は甘くなるって昔から言うし」

「へえ、聞いたことない」

大根をおろすあかりを、飴屋がじっと見つめていた。

彼は自分の手元に視線を戻し、椎茸をつかんで裏返しながら、やがて口を開く。

「あかり」

「何？」

あかりは顔を上げて飴屋を見る。

すると彼は火鋏を手にしたまま、世間話のようにさらりと言った。

「——結婚しようか」

＊　＊　＊

飴屋のプロポーズの言葉を聞いたあかりが、思いがけないことを言われた顔でこちらを見ている。それを見つめた飴屋は、「そんなに意外なことかな」と考えた。

やがて最初の驚きが過ぎ去ったタイミングで、彼女が問いかけてきた。

「どうしていきなり、そんなこと言うの」

「俺的には、全然いきなりでもないけど」

飴屋は火鋏を片手に持ったまま、チラリと笑う。

本当に、いきなりではない。一度はあかりが望むまま、飴屋は彼女と別れた。しかしその後よりを戻し、何気ない日々を重ねていくにつれ、飴屋の中で少しずつ明確な意思と

なって固まっていったものだった。

「あかりに元々そういう願望がないのは、よくわかってるよ。前に電話で話していたのを、小耳に挟んだことがあるし」

当時はそう発言する意味が理解できなかったが、今ならわかる。

おそらくは過去の笹井との恋愛のせいと、経済的に自立していて他人に頼らずとも生活できることが理由としてあるのだろう。

（でも……）

パチッと音を立てて、七輪の中の炭が爆ぜる。

飴屋は焼き網をずらし、火鋏で炭の位置を入れ替えながら言った。

「あかりと一緒にいて、『好きだ』って思うたびに考えてた。あかりにはそういう願望がないんだろうなって思いながらも、それでも俺にとっての〝結婚〟は、来年も再来年も、何十年先だって一緒にいるための約束みたいなものだと思ってる。こんなふうに何でもない毎日をずっと一緒に過ごすための約束だったら、俺はあかりとならしたい」

「……悠介」

「さっきみたいに屈託なく笑ってるところをずっと傍で眺めていたいし、俺の仕事を見てるときの子どもみたいにキラキラした目を見たら、あかりが喜ぶようにもっといいものを作りたいって思う。創作のモチベーションになってるんだ」

寝起きの無防備な顔や楽しみながら家事をこなす姿、ゆったりと急がずに生活する気持ちの在りよう、以前より柔らかい表情――あかりのそんな姿を目にするたび、飴屋の中で一緒にいたい想いは募った。

こうして何気ない日々を、二人で過ごしていきたい。食べて寝て仕事をして、たったそれだけのことがこんなにも幸せなら、それを一番わかりやすい形にしていいのではないか。いつしかそんなふうに考えるようになった。

「たぶんこんなふうに思う対象は、これからだってあかりだけだと思う。俺は一度執着したらしつこいし」

「………」

「まあ結局のところ、俺は他の連中に言いたいだけなんだ。健司とか、あかりのことをいって思ってる奴らに、『俺の嫁さんだ』って」

むしろその部分が、大きいといえる。

結婚してしまえば、外野がうるさくちょっかいをかけてくるのも収まるはずだ。ただあかり自身は、自分が集落の青年たちにどう見られているのかをあまり気にしていないように感じる。

（……まあそれは、別に知らなくていいことだけど）

秋刀魚から立ち上る煙が、薄暗い空気の中に漂っていた。

七輪の中の炭が熱されて赤くなり、パチパチと音を立てる。飴屋は彼女を見つめて問いかけた。

「――で、どうする？」

＊＊＊

飴屋にされた突然のプロポーズは、あかりを驚かせるのに充分だった。

これまでまったくそんなそぶりは感じられず、あまりにもさらりと言われて、状況的に特別感も薄い。彼の言うとおり、以前のあかりは結婚に対してネガティブな考えを持っていた。自分にそんな権利はないと思い、誰かを好きになることすらおこがましいと感じていた。

（……でも）

飴屋と知り合い、いつのまにか好きになって、「どんなあかりでも好きだ」と言ってくれる彼に、気持ちを返したいと思うようになった。

こちらがどんなにぐらついても、飴屋は揺るがずに傍にいてくれる。弱い部分も不安定な部分も許容して、「そのままでいい」と言ってくれる。

（結婚は、来年も再来年も、何十年後だって一緒にいるための〝約束〟、か。確かにそうかも）

あかりはじっと飴屋の顔を見つめる。

彼が言うように、こんな何でもない毎日を積み重ねていくための〝約束〟なら、結婚も悪くないと思えた。これから先も、飴屋とずっと一緒にいる――そんな想像をするだけで、心がじんと温かくなる。

ならばもう自分の中の答えは出ているのだと、あかりは思った。

（……それにしても）

ここ一番であろう台詞を、秋刀魚を焼きながら言われたというのは、あまりにも情緒がない。「もう少しどうにかならなかったのだろうか」と、あかりは呆《あき》れ半分で考えた。

（プロポーズって、普通もうちょっとロマンチックなものだと思うんだけど……）

しかし変に恰好《かっこう》つけず、自然体なところが、飴屋の最大の長所なのかもしれない。

そう考えるとじわじわと笑いがこみ上げて、あかりは噴き出しながら「うん」と答えた。

「わたしも、一緒にいたい。悠介が染料を煮出したり、下絵を描いたり、生地に色を挿したり――そんなふうに仕事しているときも、そうじゃないときも、ずっと傍で見ていたい」

「考えてみりゃ、今とあんまり変わらないか」

「その〝今〟が、ずーっと続くっていう約束なんでしょ？」

「うん」

幸せだ――という気持ちがあかりの中にこみ上げる。

想って想われて、世の中にたくさん溢《あふ》れているそんなでき事が、自分と彼の間にあると思うだけでこんなにもうれしい。

「……でも」

どうしても一言言いたくてあかりが言葉を続けると、飴屋がわずかに身構えたように表情を硬くする。

あかりはわざと不満げな表情を作って言った。

「プロポーズが秋刀魚を焼きながらって、ちょっとあんまりだと思う。情緒が全然ないし」

「…………ああ」

言われて初めて気づいた様子の彼は、途端にばつの悪そうな表情になり、それでもどこかホッとしたように笑う。

「ごめん。思いつきで、いきなり言ったから」

「思いつきでそんな大事なことを言うの？」

「いや、そういう適当な意味じゃなくて、何ていうか……。あ、ヤバい」

懸命に言い訳をしていた飴屋が、秋刀魚に視線を落として一言言った。

「――焦げてる」

「えっ」

「早く、皿、皿」

「えっ、ちょっ、待って」

慌てて家の中に入りながら、あかりの心にじわじわと面映ゆさがこみ上げる。

プロポーズのシチュエーションにはがっかりしたものの、飴屋の言葉は確かにあかりの心に響いていた。

（来年も再来年も、その先もずっと――）

結婚しても、生活は今のままほとんど変わらないに違いない。

仕事して食事をして抱き合う、そんな当たり前な毎日でも、彼が言ってくれた〝約束〟があるだけで特別に感じる。

傍にいて彼の仕事を眺めて、そうやってずっと飴屋と一緒にいられたらいい。あかりは心からそう思った。

「あかり、早く」

「はーい、待って」

呼ぶ声に心を疼《うず》かせ、今すぐ彼に抱きつきたい衝動を押し殺しつつ、台所の棚から皿を取り出したあかりはサンダルを突っかける。

戸口から見える外はもう日が落ちて、山の端《は》ににじむ淡いピンクが太陽の名残をわずかに残していた。澄んだ水色のグラデーションの空に、明るい星がいくつかきらめいている。

（……きれい）

今日見たこの空の色は、きっと忘れないだろう。そう思いながら佇むあかりの元に、開け放った戸口から晩秋の風がかすかに吹き込んだ。

番外編　夏空の色に、あなたを想う

十一月初旬になると朝晩はすっかり冷え込むようになり、だいぶ日が短くなってきた。

ここ最近の飴屋は、月末に開催される予定の個展の準備で大忙しだ。

つきあいの長いギャラリーオーナーの厚意で、会場として趣のある大塀造《だいへいづくり》の日本家屋を貸してもらえることになった。既存の作品はもちろん、新作の訪問着や付け下げ、帯などを展示する予定で、毎日制作に追われている。

だがその一方で、個人的に大きなでき事があった。恋人の奈良原あかりと、十日前に入籍したのだ。

（まあ、生活スタイルは全然変わってないけどな）

プロポーズしたのは約二週間前で、その三日後の日曜に双方の実家に結婚の挨拶に行った。

あかりの実家は典型的なサラリーマン家庭だといい、穏やかな父親とシャキシャキして気が強そうな母親が出迎えてくれた。結婚を反対されている雰囲気はなく、むしろ両親は染色作家である飴屋の作品をあかりのスマートフォンで眺め、いたく感心してくれた。

だがあかりの母親が「六歳も年上のうちの娘を妻にするなんて、本当にいいのか」と何度も飴屋に問いかけてきて、彼女が居心地の悪そうな顔をしていたのが印象的だった。滅多に着ないスーツ姿で奈良原家を訪れた飴屋は居住まいを正し、二人に対してはっきり告げた。

『あかりさんとの年齢差は、まったく感じません。彼女の落ち着いた性格や生活を丁寧にしているところ、気遣いができて優しいところに心惹《ひ》かれています。何より僕の仕事をいつも楽しそうに見守ってくれるあかりさんと、この先の人生をずっと一緒にいたいと強く思ったんです。必ず幸せにすると誓いますので、どうか彼女との結婚を許可していただけないでしょうか。お願いいたします』

それを聞いた両親が顔を見合わせ、「ふつつかな娘でありますが、ぜひよろしくお願いします」と応えてくれ、飴屋はホッと胸を撫《な》で下ろした。

その後、すぐにあかりと一緒に自分の実家を訪れたものの、実は彼女は飴屋家が政治家の家系であることを気にしており、「わたしが年上であることで、ご両親は反対するんじゃ」と数日間悩んでいた。

しかし飴屋が「あかりのことは事前に報告してるし、自分は政治の世界に関わっていないから、結婚に関してはおそらくうるさくは言われない」と伝え、さらに「親父は肩書きに弱いから、あかりの前の職業について話すといいかも」とアドバイスしたところ、ようやく腹を括ったようだった。

ダークスーツに身を包んだ彼女は飴屋の両親に落ち着いて挨拶し、自分の最初の職場が外資系投資銀行だったこと、ロンドン支社へ異動したあとヘッドハンティングでより有名な会社に移ったこと、責任ある職位で実績を上げていたことを、仕事のプレゼンさながらによどみなく説明した。

そして現在は退職し、雑誌で経済に関するコラムを書いたり、ときおりセミナーの講師などをしていると説明すると、飴屋の父親はすっかり感じ入った様子で言った。

『お聞きするかぎり、奈良原さんはかなりの才媛のようだ。ご存じのとおり息子は特殊な職業で、昔からマイペースな性格ですが、大丈夫ですか』

『悠介さんの大らかさと穏やかで辛抱強い性格に、わたしはいつも支えられています。染色作家としての稀有《けう》な才能も含めて、心から尊敬しています』

飴屋があかりの家事能力の高さを説明したところ、両親は顔を見合わせて言った。

『まあ好き合っている者同士だし、悠介のようにのんびりした人間には、奈良原さんみたいなしっかりした年上の女性のほうが合っているのかもしれないな』

『そうね、家事も得意なら安心ね。でもあなたたち、お式はどうするの？』

飴屋が「自分たちは、籍を入れるだけでいいと思っている」と答えたところ、父親が渋面になって言った。

『そういうわけにはいかないだろう。いくら次男とはいえ、飴屋家の息子が結婚するのに支援者の方々にお披露目もないのは』

『お父さんの言うとおりよ、悠介。我が家には体面というものがありますからね』

確かに父親や兄は現役の地方議員だが、飴屋自身は政治活動にノータッチだ。

それなのに彼らの支援者の前で見世物のように扱われるのは、納得がいかない。そう考えた飴屋が言い返そうとしたところ、隣に座るあかりがふいに「あの」と口を開いた。

『悠介さんは来月末に個展を控えていて、今は作品の制作で多忙な時期です。ですから式につきましては、仕事が一旦落ち着いてから改めて考えたいと思うのですが、いかがでしょうか』

柔らかく提案された両親がとりあえず納得し、飴屋は彼らと衝突せずに済んだ。

その帰り道に彼女と市役所に立ち寄り、無事入籍して今に至る。飴屋は作業場に設置された〝張り木〟に生地の両端を挟んで引っ張り、鉄製のポールに結びつけて固定しながら考えた。

（わかってはいたけど、うちの親の結婚式に対する考え方が厄介だよな。俺もあかりも、そういうのをする気はないのに）

今のところ個展までの猶予ができた状況だが、その後しつこく挙式を勧められるのは目に見えている。

「どうしたものか」と思いつつ、飴屋は地色を染める〝引染〟の準備を始めた。打ち合わせで午後から出掛ける予定のため、その前にできるだけ作業をしておかなければならない。

主に糸目友禅を制作している飴屋だが、そのベースとなっているのは加賀友禅だ。加賀友禅は優しげな草花をモチーフに、〝加賀五彩〟と呼ばれる藍、黄土、臙脂《えんじ》、草、古代紫の五色を使うのが特徴で、分業制である京友禅とは違い、一人の作家が図案から仕上げまで一貫して担当する。

大学卒業後に修業に入ったのが加賀友禅の工房だったが、京友禅の特徴である〝染め疋田《ひった》〟や金銀の箔《はく》使いなども作品に取り入れたいと考えていた飴屋は、それから四年後に独立した。以降は状況に応じて、さまざまな技法や染め方を使い分ける作風となっている。

これから染めようとしている地色は〝白菫色《しろすみれいろ》〟で、限りなく白に近い淡い紫色だ。何度も端切れで試し染めをし、ようやく納得のいく色が作れて、満を持しての引染だった。

プラスチックのバケツに入れた染料を五寸刷毛に馴染《なじ》ませ、全体に素早く均していく。パッと見は簡単そうに見える作業であるものの、ムラなく染めるには経験が必要だ。

全部に染料を引いたあとは何度か〝返し刷毛〟が必要だが、その途中で飴屋はふとあかりが縁台に座ってこちらを見ているのに気づいた。

「何だ、来てたのか」

「うん」

作業に集中していたため、彼女が来ていたことにまったく気づかなかった。

結婚したものの日々のルーティンはまったく変わっておらず、日中の飴屋は工房で制作に打ち込み、あかりも自宅の書斎で仕事をしている。食事は一緒に取り、手が空いたときに彼女がこちらに顔を出したり、一緒に買い物に出掛けたりしていた。

しかし声をかけた瞬間、なぜかあかりはこちらから視線をそらし、浮かない表情になっている。彼女が縁台から立ち上がり、取り繕うように言った。

「これから買い物に行くんだけど、何か買ってくるものある？」

「いや、特にない」

「そう。じゃあ、いってきます」

彼女が開けっ放しの戸口から出ていき、飴屋はそれを見送る。そして〝返し刷毛〟の作業に戻りつつ、じっと考えた。

（何だろう。……ここ数日、何となくあかりの態度が引っかかる）

気がつくと先ほどのようにじっと見つめていることが多いが、目が合った途端にあかりは顔を背けてしまう。

それ以外は特におかしな様子もなく、普通に仲がいいため、飴屋には理由がわからない。しかしふと、彼女は自分に何か言いたいことがあるのではないかという考えが頭に浮かんだ。

（もしかして、結婚式のことかな。うちの両親はやるのが当たり前みたいな態度だけど、あかりは結婚の話が出たときから「籍を入れるだけでいい」って言ってた。もし彼女が、うちの親の意向を聞いて変なプレッシャーを感じてるなら――）

両親の強硬な態度を前に、彼女は挙式をするべきかどうか悩んでいるのかもしれない。もし本当はしたくないのに飴屋にそれを言えずにいるとすれば、それはとても不本意だ。

（俺が優先するべきなのは、両親じゃなくあかりだ。この先ずっと一緒にいるつもりで夫婦になったんだから、不満を言えないような関係にはなりたくない）

それでなくとも、考え込む性質のあかりだ。常に対話を心掛け、適度にガス抜きするのが自分の役割だと飴屋は思っている。

夕方に打ち合わせを済ませて帰ってきたら、ちゃんと話をしよう。そして挙式について、あかりの考えを聞こう——そう心に決め、飴屋は手元の作業に集中した。

＊＊＊

北国は早ければ十月の末には初雪の便りが届き始め、山裾のこの辺りも数日前にほんの少し雪がちらついた。

しかし積雪にまでは至らず、辺りは葉を落とした木々が寒々しい雰囲気を醸し出している。しんと冷えた空気の中、自転車でスーパーに向かうあかりは、ペダルを漕《こ》ぎながら白い息を吐いた。

（雪が積もったら、自転車で買い物に行けなくなっちゃうな。このあいだ年が明けたと思ったのに、もう雪が降る時季だなんて、時間が過ぎるのって本当に早い）

そう感じるのは、あかりを取り巻く状況に大きな変化があったからかもしれない。

初夏に隣に飴屋が引っ越してきてから、それまで単調だったあかりの生活はガラリと変わった。隣人として仲良くなり、それが恋愛関係に発展して、いろいろあった末にプロポーズされて十日前に入籍したが、出会いからさほど時間が経っていないのが驚きだ。

元々は一人で生きていくつもりだったのに、これほど短期間で六歳年下の男性と結婚を決断してしまったあかりは、しみじみと縁について考える。

（悠介とは、もう何年も一緒にいるような気がする。出会った頃の夏の空の色とか、ムッとした熱気とか、じりじりした日差しはついこのあいだのことで鮮明に覚えてるのに、ときどきすごく昔のでき事みたいに思えるから。……でも）

先ほどの彼とのやり取りを思い出し、あかりは忸怩《じくじ》たる思いを嚙《か》みしめる。

ここ数日の自分は、おかしい。おそらく飴屋もそれに気づいているだろうが、理由まではわかっていないはずだ。

（そんなの、言えない。……今さらながらに、悠介を見たらドキドキするだなんて）

彼とつきあってから一度別れ、再び交際を始めて入籍したのが十日前であるものの、近頃のあかりは飴屋に見惚《みと》れることが多くなっている。

特に後ろから見る仕事中の彼は、要注意だ。袖を肘までまくり上げた骨太の腕はしなやかで、動くたびに服越しに浮き上がるくっきりとした肩甲骨が男っぽい。引き締まった腰までのラインや小さめの臀部《でんぶ》、スラリとした長い脚が目を引く。

もっと言えば、野性味のある精悍《せいかん》な顔立ちや横から見たときのきれいな鼻筋、無駄のない筋肉質の体型や大きな手など、飴屋を形づくるあらゆるパーツにときめいてしまい、あかりはそんな自分を持て余していた。

（悠介があんなに恰好《かっこう》よく見えるなんて、入籍したから？　わたし、今までは「結婚なんか興味ない」っていうスタンスだったくせに、こんなにも変わるなんて）

〝結婚〟がメンタルに及ぼす影響が思いのほか大きく、あかりは戸惑う。

三十四歳という年齢を考えると、六歳年下の夫にドキドキするのは何だかみっともない。傍から見た自分が痛いという自覚があるあかりは、それを表に出すべきではないと考えていた。

（そうだよ。年上の女のメリットは、きっと落ち着いている部分なんだから。こんな色惚《いろぼ》けした様子なんて見せられない）

年甲斐《としがい》もなく乙女な部分は、飴屋には見せないほうがいい。

そう結論づけたあかりは、スーパーに向かう。カゴを手に店内に入り、小さな雑誌コーナーの横を通り過ぎようとしたところで、そこで立ち読みをしている一人の女性と目が合った。

「……あ」

雑誌を手に立っているのは、井上希代だ。

奈緒や健司の幼馴染である彼女は、異性関係が奔放で、数ヵ月前に飴屋にちょっかいを掛けていたのは記憶に生々しい。

あかりの顔を見た彼女は一瞬気まずそうな顔をしたものの、挨拶してきた。

「こんにちは、あかりさん」

「こんにちは」

希代が手にしているのは求人誌で、あかりは頭の隅で「そういえば、郵便局の仕事を辞めたんだっけ」と考える。

二股をかけた挙げ句に双方の男性から振られた彼女は、「都会に行って、新しい出会いを探す」と発言していたと奈緒から聞いている。あかりの視線に気づいた希代が手にしていた求人誌を素早く棚に戻し、わざとらしいほど愛想よく言った。

「お買い物ですか？　最近は寒いですよね」

「ええ」

「ところであかりさん、聞きましたよ。悠介くんと入籍したって」

あかりは思わず眉を上げる。

さすが田舎の情報網というべきか、奈緒と健司が他の友人に話したことで、瞬く間に広まったらしい。彼女がニコニコと言った。

「おめでとうございます。出会って半年も経たないうちにゴールインするなんて、すごいですねー。私には悠介くんとのことを『応援する』とか言ってたくせに」

「…………」

「六歳も年下の男の人を捕まえるバイタリティ、私も見習わなきゃ。こんなにスピード入籍したのって、もしかしてあかりさんの年齢のせいですか？　うかうかしてたらアラフォーになっちゃいますから、そりゃ焦りますよねえ」

希代は表情こそにこやかであるものの、言葉の随所に痛烈な皮肉をちりばめている。

（……まあ、嫌みを言いたくなって当たり前かな。確かにわたし、一度はこの子に「応援する」って言っちゃったし）

多少の嫌みくらい、甘んじて受けるべきだろうか。

そう考え、あかりが黙っていると、彼女が「でも」と言葉を続けた。

「こういっちゃ何ですけど、ぶっちゃけ悠介くんの仕事って全然稼げなそうだなーと思って。職人とか地味すぎるし、しかも持ち家って言ってもあんなボロ屋じゃないですか？トイレもお風呂も使えないなんて、今時ありえないですよ」

「――――」

それまで黙って聞いていたあかりは、飴屋の仕事を貶《けな》されたところで真顔になる。

おそらく希代は、好みだと思っていた男性を年上の女に奪われたことが面白くないに違いない。だから遠回しに「貧乏な飴屋と年増のあかりが結婚しても、まったく悔しくない」と主張しているのだろうが、いくら何でも言いすぎだ。

（わたしが何も言い返せないタイプだと思ってるから、こういう発言ができるのかな。もし奈緒ちゃんが相手だったら、絶対に言わないくせに）

あかりはバッグの中からスマートフォンを取り出し、手早く画面を操作する。そして写真フォルダを開くと、彼女の目の前にズイッと突き出し、指で横にスライドさせながら言った。

「——この写真の友禅染の屏風《びょうぶ》、九十八万円するの。それからこの訪問着は七十七万、こっちは六十万くらいだったかな」

「……えっ」

「彼の作品にはこうして高値がつくものがたくさんあって、このあいだの個展でほとんど売れた。確かに制作している期間はお金が入ってこないけど、経費を差し引いた利益率は悪くないから、希代ちゃんが思ってるほど貧乏じゃないと思う。トイレとお風呂のリフォームを保留にしてたのは、家をキャッシュで買って貯金がなくなったせいだし」

飴屋の作品の価格の高さが予想外だったのか、希代がびっくりした顔でスマートフォンの画面を見つめている。それを前に、あかりは言葉を続けた。

「それにたとえ何かのきっかけで悠介が働けなくなっても、わたしの収入で彼の一人や二人養うくらい全然余裕だから、心配しないで。悠介はちゃんと仕事をしている立派な職人だし、そんな事態にはなりえないけど」

唖然《あぜん》としている彼女を見つめ、あかりはニッコリ笑う。そしてスマートフォンをバッグにしまい、買い物カゴを手に明るく言った。

「じゃあ希代ちゃん、就職活動頑張ってね」

「あ、……」

雑誌コーナーを後にしたあかりは、青果売り場に入る。そして去り際の希代の顔を思い出しながら考えた。

（ちょっと大人げなかったかな。でも、悠介の仕事を馬鹿にされることだけは許せない。どれだけ手間暇かけて制作してるかも知らないで）

ひとつの作品を作り上げるまでの複雑な工程を、飴屋はとても丁寧にこなしている。

特に自分の作りたい色が出るまでは何度も試し染めを繰り返していて、その妥協しない姿勢、職人としての高い意識の在り方をあかりは深く尊敬していた。そうした努力の末に生み出された作品の美しさにも、魅了されてやまない。

（きっと希代ちゃんには、年上のわたしが必死に彼に縋《すが》ってるように見えてるんだろうな。やっぱり世間からすると、六歳の年の差って大きいんだ）

だがそれは、ある意味事実だ。飴屋を好きで誰にも渡したくないという気持ちが、あかりの中に強くある。

買い物を済ませ、自宅に戻って昼食の用意をした。食事のあと、飴屋は車で政令指定都市まで打ち合わせに出掛けていき、あかりは仕事の原稿を書いたりメールの返信をしたりと忙しく過ごす。

やがて午後六時前に飴屋が帰ってきて、夕食の支度をしていたあかりは彼に向かって言った。

「おかえりなさい」

すると飴屋は「ただいま」と答えたものの、すぐにキッチンにいるあかりに向かって断固とした口調で言った。

「――あかり、話をしよう」

「えっ」

「こっち、座って」

ソファを示され、あかりは目を白黒させながらそれに従う。

（何だろう、話って。……いきなり改まって）

言われるがままにソファに腰掛けると、彼が隣からこちらをじっと見つめてくる。そして話を切り出した。

「ここ数日、あかりの態度がおかしいと思ってた。物言いたげな顔をして俺を見てるのに、すぐにパッと目をそらしてよそよそしい感じで」

「えっ？　あ、それは」

飴屋に真っ向から指摘された途端、じわりと恥ずかしさがこみ上げる。

慌てて言い訳しようとしたものの、彼はあかりの返答を待たずに言葉を続けた。

「何でだろうって、理由を考えてたんだ。もしかして、うちの両親が『結婚式をしろ』ってしつこく言ってたのを気にしてるか？」

あかりはきょとんとし、飴屋を見る。

思いがけない話の流れに驚きながら、首を横に振った。

「ううん、全然」

「確かに俺の実家は親父や兄貴が議員をやってて、祖父さんの代からのつきあいとか体面がある。でも俺はまったくそっちの仕事にタッチしてないし、これから先も関わる気はないんだ。だから両親が何と言おうと、顔も知らない支援者たちにアピールするための披露宴はやるつもりがない」

飴屋は「それに」と言って、真剣な顔であかりを見つめた。

「結婚した今、俺が一番に優先するべきなのは妻であるあかりで、両親が何を言っても しっかり防波堤になるべきだと思ってる。だからもしうちの親に気を使って『挙式をしたほうがいいのか』って悩んでるのなら、遠慮せずにそう言ってほしいんだ。俺はあかりの気持ちを尊重するから」

彼が自分を気遣ってくれているのがわかり、あかりは面映ゆさをおぼえる。

六歳年下の飴屋を頼りないと思ったことはこれまで一度もなく、こうして気持ちを言葉にしてくれるのをうれしく感じた。あかりは笑い、正直な想いを口にした。

「あのね、最近のわたしの態度がときどきおかしかったのは、悠介を『好きだな』って感じる場面が多くなったから」

「えっ？」

「入籍してから、悠介が仕事をしてるのを眺めているときとか、何気ない一瞬に『かっこいいな』『好きだな』って思うことが増えて、そんな自分を持て余してたの。だってわたしはいい歳なのに、結婚に浮かれてるみたいでおかしいんじゃないかなって。だから」

だから見惚れていることに気づかれないよう、さっと視線をそらして何食わぬ態度を取っていた。

そんなあかりの言葉を聞いた彼は目を丸くし、何ともいえない表情になる。そしてどこか拍子抜けした様子でつぶやいた。

「……そっか。俺はてっきりあかりがいろいろ悩んでるのかと思って、だったらフォローしないとって考えてたんだけど」

「挙式のことなら、わたしも悠介もする気がないんだから、しなくてもいいんじゃない？ご両親に何か言われたら、このあいだわたしが言ってたみたいに『今は～があるから、それが終わったら考える』って言い訳しておけばいいよ。あくまでも相手の意向を拒否せず、現段階では〝検討中〟ってことで引き延ばして、そのあとは『今さら挙式も何だし、写真を撮るだけにするから』って言えば、きっと角も立たないでしょ」

あっさりしたあかりの返答に、飴屋が呆気《あっけ》に取られた顔をする。やがて彼は、噴き出して言った。

「どうやら俺の取り越し苦労だったみたいだな。俺が心配しなくても、あかりはそうやって自分で対応を考えてたのに」

「ううん、悠介が『俺が一番に優先するべきなのはあかりだ』って言ってくれて、うれしかった。ほら、世の中には奥さんが悩んでても、自分の両親を優先する夫がいっぱいいるのに、悠介はそうじゃないってわかったから」

やはり飴屋の包容力は、あかりを安心させる。寄りかかっても大丈夫なのだと思えることが、今はとても幸せに感じる。すると彼が、ふいに言った。

「ところでさっき言ってたことだけど、あかりが俺を好きでも全然困らないから」

「えっ？」

「むしろ、ずっと好きでいてほしいと考えてる。そういう気持ちを表に出してくれたらうれしいし、何なら抱きついたりしてくれても構わない。筆や刷毛を使ってるときは困るけど」

飴屋が「そうだ」とつぶやいて自分のバッグをゴソゴソと漁り、ビロードの箱を取り出す。そしてそれを開けながら言った。

「打ち合わせのあと、これを受け取ってきたんだ」

「あ……」

それは銀色に輝く、結婚指輪だった。

互いの両親に結婚の報告に行った帰りに買ったもので、オーダーではなく既製品であるものの、「店頭サンプルをお渡しするのではなく、本社から誰も指に嵌めていないバージン仕様のものを取り寄せてのお引渡しになります」と言われ、その納期が今日だった。

「手、出して」

飴屋がその小さいほうを手に取って言った。

「…………」

左手の薬指に嵌《は》められたそれはサイズがぴったりで、キラリと銀色に輝く。

あかりも大きいほうを手に取り、飴屋の指に嵌めた。たったそれだけのことなのに、お揃《そろ》いの指輪を見ると本当に結婚したのだという実感が湧き、胸の奥がじんとする。

「うれしいな。こうして指輪をすると、本当に夫婦になったんだって思える」

同じことを考えていたらしい彼がそう言って、あかりの頭を抱き寄せる。そして髪にキスをしながらささやいた。

「愛してる。この先ずっと、夫としてあかりに誠実であると誓うから」

「……っ」

真摯な愛情がにじむ言葉に、あかりの目にみるみる涙がこみ上げ、ポロリと零れ落ちる。

幸せな気持ちが心を満たして、泣き笑いのような表情で答えた。

「わたしも妻として、どんなことがあっても悠介を傍で支え続けるって約束する。そして悠介が作る新しい作品を、一番最初に見られたら幸せだなって」

「いいよ、もちろん。奥さんの特権だ」

飴屋が笑い、あかりの頰に触れる。彼は熱を孕《はら》んだ眼差しで言った。

「――抱きたい、今すぐ」

「えっ……でも、ご飯が」

「あとでいい」

「ぁ……っ」

寝室に連れ込まれ、押し倒されて、二人分の重さにベッドがかすかに軋《きし》む。

暖房が点いていない室内は、ひんやりとしていた。暗い部屋の中、覆い被さってきた飴屋が唇を塞いでくる。

舌が口腔《こうこう》に押し入ってきて、あかりはそれを受け止めた。ざらりとした表面を擦り合わせ、絡ませる感触が官能的で、すぐに息が上がる。キスを続けながら、彼が大きな手で胸のふくらみに触れてきた。

「……っ、ん……っ」

揉みしだかれながら、あかりも飴屋の身体に触れる。

薄手のニットの下に手を忍ばせると、引き締まって硬い背中にうっとりした。しなやかな手触りの肌を撫《な》で、ニットを半分ほどめくり上げる。そうするうちに彼の唇が首筋に触れてきて、耳にかかるかすかな吐息にゾクッとした。

「あ……っ……」

服を脱がされ、胸をつかんで先端を舐《な》められる。

ときおり強く吸われたり、歯を立てられるとツキリとした疼痛《とうつう》が走り、あかりは息を乱した。

腕を伸ばして彼の髪に触れた途端、意外に柔らかな感触に胸が疼く。あかりの好きにさせたまま、飴屋が前髪の隙間からこちらを見つめてきて、欲情を秘めた眼差しに体温が上がった。やがて彼は身を起こし、広げた脚の間に顔を埋めてくる。

「んん……っ」

濡《ぬ》れた舌が秘所を這《は》い、愛液を啜《すす》る。

恥ずかしいのに快感も確かにあって、あかりはやるせなく足先でベッドカバーを掻《か》いた。身体がじわりと汗ばみ、声を我慢するのが難しくなる。中に指を挿れられ、奥の感じやすい部分を刺激されると、ひとたまりもなかった。

「あ……っ！」

ビクッと内部が強く収縮し、あかりは達する。

溢《あふ》れ出た愛液が飴屋の手のひらまで濡らし、指を引き抜いた彼がそれを舐めた。荒い息をつくあかりを見下ろしつつ、飴屋が自身の着ている黒いニットを脱ぎ去る。

途端に引き締まった上半身があらわになり、色気のある身体のラインにあかりの中でじわじわと触れたい欲求が募った。

腕を伸ばして彼の首を引き寄せると、飴屋は身を屈めてくる。そしてあかりの脚を広げ、再び蜜口から指をねじ込んできて、肌がゾワリと粟立《あわだ》った。

「んん……っ」

絶頂の余韻にわななく隘路《あいろ》をゴツゴツした硬い指が行き来し、再び快感を呼び起こされたあかりは切れ切れに声を漏らした。感じている様子を見られるのは恥ずかしいのに、ゾクゾクと性感を煽られる。

間近で彼の目を見つめながら、吐息が触れる距離でささやいた。

「……っ、わたしも、するから……」

一方的にされるのではなく、飴屋にも気持ちよくなってほしい。そう思って申し出ると、彼があかりを見つめ、突然思いもよらないことを言った。

「それはしなくていいけど、お願いがあって」

「何?」

「――生《ナマ》でしたい」

あかりはドキリとし、飴屋を見る。

彼と抱き合うときは必ず避妊していて、着けずに行為をしたことは一度もない。飴屋が言葉を続けた。

「妊娠する可能性については、よくわかってる。でもたとえできても構わないし、むしろ孕ませたいっていうのが、俺の本音だ」

「……っ」

熱っぽい眼差しで直截《ちょくせつ》的な言葉を口にされ、あかりはじわりと頬を染める。彼はこちらの目元に口づけながら言った。

「結婚してからずっと、『子どもがいる生活も楽しいんだろうな』って考えてた。あかりはどう思う?」

「……っ、わたし、は……」

隘路に埋めた指で内壁を擦られ、深いところを探られると息が上がる。

溢れ出た愛液が淫らな音を立てるのが恥ずかしく、あかりは太ももに力を込めつつ上擦った声で答えた。

「悠介が、欲しいなら……産みたい。ううん、悠介の子どもだから欲しい」

他の誰でもない、飴屋と一緒なら、きっと子育ても楽しいはずだ。

そんなあかりの言葉を聞いた彼が微笑み、唇に触れるだけのキスをしてくる。上体を起こした飴屋はズボンのウエストをくつろげると、充実した屹立《きつりつ》を取り出した。

それを目にした途端、にわかに恥ずかしさがこみ上げて、あかりは視線をそらす。避妊せずに性行為をするのは初めてで、胸がドキドキしていた。

やがて彼が昂《たかぶ》りを蜜口にあてがい、ゆっくりと先端を埋めてくる。じわじわと高まる圧迫感に、あかりは眉を寄せた。

「んん……っ」

「あー……、すっげ」

薄い膜越しではない剛直は、いつもより熱く硬さがあるように感じる。

亀頭をもぐり込ませ、じわじわと幹の部分をあかりの体内に埋めながら、飴屋が心地よさそうな息を吐いた。

「中、熱い……それにぬるぬるしてて、やっぱ避妊具《ゴム》してるのとは全然違うな」

「あ……っ！」

ふいにずんと深く奥を突き上げられて、あかりは高い声を上げる。膝の裏をつかんで律動を開始しながら、彼が言った。

「ごめん。気持ちよすぎて、ちょっと余裕ないかも」

「あっ、あっ」

言葉どおり余裕がないらしい飴屋が、立て続けに最奥を穿《うが》ってくる。

身体を揺さぶられるあかりは、彼の手首をつかんで必死にその動きに耐えた。そうしながらも、ふと飴屋の左手の薬指に嵌まった銀色の指輪が目に入り、胸の奥が震える。

（ああ、わたし……）

この先も、彼と生きていく。

もしかしたら家族が増えたり、思いもよらないでき事が起こるかもしれないが、飴屋と一緒ならきっと乗り越えられるはずだ。そう信じられるだけの揺るぎない信頼が、あかりの中にはある。

「……っ、好き……」

ふいに泣きたいくらいの衝動がこみ上げて、あかりは腕を伸ばして彼の首を引き寄せ、想いを込めて告げる。

「悠介が好き。この先ずっと、死ぬまでそれは変わらないから」

飴屋が目を見開き、すぐに微笑む。彼は身を屈め、あかりの身体に覆い被さりながら答

えた。

「じゃあ俺は、それ以上の愛情をあかりに返すよ」

「ん……っ」

根元まで埋めたものでぐっと奥を突き上げられ、あかりは小さく喘《あえ》ぐ。

身体を密着させたまま揺さぶられ、甘ったるい快感に溺れて、潤んだ瞳で飴屋を見つめた。やがて彼が、吐息交じりの声で問いかけてくる。

「そろそろ達っていい？」

「……っ」

頷《うなず》いた途端、膝をつかんで律動を速められる。

汗ばんだ飴屋の身体、こちらを見つめる熱情を押し殺した瞳、身体の奥を穿つ硬さまで、何もかもがいとしくてたまらない。最奥を突かれたあかりが声を上げて達するのと、彼がぐっと奥歯を噛んで熱を放つのは、ほぼ同時だった。

「……っ……は……っ」

隘路の奥でドクドクと吐精されるのを感じ、あかりは眩暈がするような愉悦を味わう。内襞がわななきながら屹立に絡みつき、それを感じた飴屋が、深く息を吐いてつぶやいた。

「……ヤバいな、これ。よすぎて癖になりそうだ」

あまりにもしみじみと言うのがおかしくて、あかりは思わず笑ってしまう。

後始末をした彼がベッドに横たわって抱き込んできて、素直に身体を預けた。あかりの髪に鼻先を埋めた飴屋が、背中を撫でつつ言う。

「これでできたかな、子ども」

「そんなにすぐはできないんじゃない？　もしかしたら、わたしの年齢的にできにくいかもしれないし」

一度病院に行って、ブライダルチェックを受けるべきかもしれない。あかりがそんなふうに考えていると、彼が笑って言った。

「あかりが産んでくれるなら、男でも女でもどっちでもいい。たとえできなかったとしても、俺は全然構わないんだ。ずっと二人でいちゃいちゃできるのも楽しそうだろ」

「……悠介」

いつだって飴屋は、言葉や態度であかりの心を軽くしようとしてくれる。

それにうれしさがこみ上げて彼に抱きつくと、飴屋が尻の丸みをやわやわと揉みながらささやいた。

「そういうわけで、もう一回するか。さっきは初めて生でして、うっかり早く達きすぎたし」

「その前にご飯でしょ。せっかく作ったのに」

「あとで食うよ」

言いながら押し倒されて、あかりは「もう」と文句を言う。

しかしキスをされ、大きな手で身体を撫でられるうち、再び官能が高まるのはすぐだった。息を乱しながら、あかりは愛してやまない夫の顔を引き寄せる。そして自分から、想いを込めてキスをした。

＊　＊　＊

真っ青に澄み渡った空から、じりじりとした灼熱《しゃくねつ》の日差しが降り注いでいる。

今日は一学期の終業式だ。退屈な式のあと、担任から夏休みの心得を聞かされ、大量の宿題を出された高畠爽輝《たかはたそうき》は、足取りも軽く帰宅する。すると自宅にいた母親の奈緒が言った。

「爽《そう》、これから飴屋さん家に行ってきてくれる？　山梨から桃が届いたから、お裾分けしてきてよ」

「えー、遊びに行こうと思ってたのに」

「文句言わないの」

紙袋に入っている桃は十個ほどで、かなり重い。

それを自転車の前カゴに入れて市道に出ると、赤いランドセルを背負った見覚えのある少女が歩いているのが見えた。爽輝は彼女に声をかける。

「陽葵《ひまり》ー」

「……爽ちゃん」

振り返った飴屋陽葵は現在小学四年生で、爽輝の一学年下になる。彼女に追いついた爽輝は、自転車の前カゴを指しながら言った。

「今、お前ん家に行くところだったんだ。母ちゃんが山梨から届いた桃を届けろって」

「ふうん。じゃあ、私が持っていけばいいの？」

紙袋を受け取ろうとする彼女に、爽輝は慌てて言う。

「いや。俺がこのまま持ってくよ」

「でも」

「途中でお前に持たせたのがバレたら、俺が母ちゃんに怒られる」

そもそも袋はかなり重く、そんなものを自分より年下の陽葵に持たせるわけにはいかない。

サラサラの髪をポニーテールにしている彼女は背が高く、爽輝よりわずかに上背があった。スラリとした長い脚は、おそらく高身長である父親からの遺伝なのだろう。整った顔立ちは母親似で、猫を思わせる造作が可愛らしく、爽輝は陽葵に会うたびにいつもムズムズと落ち着かない気持ちを押し殺している。

（こいつ、このあいだのこと怒ってねーのかな……。つい調子に乗って、ちょっかいかけちゃったけど）

先日、同学年の男子たちと一緒にいたとき、爽輝は通りかかった彼女を「デカ女」とからかってしまった。

それを聞いた陽葵は冷めた目つきになり、友人を促して何も応えずにその場から立ち去ったのは、記憶に新しい。

爽輝は気まずさを押し殺して切り出した。

「あー、陽葵、あのさ……」

「なあに？」

「ごめんな、このあいだ。お前のこと〝デカ女〟とか言っちゃって」

爽輝が謝ると、彼女が小さく息をついて答える。

「いいよ、別に。他の男子といるときの爽ちゃんが調子に乗るの、いつものことでしょ」

「う、うん」

「でも、あとで謝るくらいなら言うべきじゃないし、悔しかったら早く私の身長を越せばいいんだよ。やっぱり男なら、背が高くないとね。うちのお父さんみたいに」

さらりと皮肉を言われ、爽輝はぐっと言葉に詰まる。

自分としても「背が高くなりたい」と強く思っているが、そんなに簡単に伸びるものだろうか。

（牛乳を飲むしかないのか？　俺、あの味苦手なんだけど……）

そのとき道の先に停まった市営バスから、二人の男子高校生が降りてくる。それを見た陽葵が、「あ」と声を上げた。

「あれ、大ちゃんと晃ちゃんじゃない？」

「げっ」

爽輝が顔をしかめるのと同時に、二人がこちらに気づく。そして笑って言った。

「爽と陽葵じゃん。仲よく一緒に歩いて、デートか？」

「やるなー、爽。さすが俺らの弟」

大輝と晃輝は一卵性の双子で、爽輝の五歳年上の兄だ。

現在高校一年生の彼らは、周囲から〝イケメン兄弟〟と持て囃《はや》されているものの、内面は幼少時から変わっておらず、母親の奈緒が手を焼いている。

暑いのか制服をだらしなく着崩している兄たちを見つめ、爽輝はボソリと言った。

「何でこんな時間に帰ってきてるんだよ。兄ちゃんたち、夕方まで学校のはずなのに」

すると双子が、自信満々に答える。

「それは俺らが、祖母ちゃんの見舞いに行ってたからだ」

「授業をサボってな」

長年農作業に従事していた祖母の和子は、ヘルニアを悪化させて入院中だ。

普段は勉強に不真面目で父の健司を怒らせてばかりの二人だが、幼い頃から祖母思いで、足しげく病院に見舞いに行っては馬鹿なお喋《しゃべ》りで楽しませている。晃輝が笑って言った。

「それよか陽葵、久しぶりに見たらますます可愛くなったなー」

「背も伸びたんじゃね？　爽よりも高いじゃん」

晃輝にポンと頭を叩《たた》かれた陽葵が、くすぐったそうな顔で笑った。

「大ちゃんと晃ちゃんは、相変わらずかっこいいね」

昔から兄たちに懐いている陽葵は会えてうれしそうで、爽輝の中に面白くない気持ちがこみ上げる。

彼らと陽葵の間に自転車を手押しで割り込ませた爽輝は、怒ったような口調で言った。

「俺、飴屋さん家に桃を届けに行くから。そこどいてよ」

その態度から、二人は弟の気持ちを悟ったらしい。大輝がニヤニヤと冷やかす笑みを浮かべ、道を開けた。

「はいはい。邪魔はしませんよー」

「陽葵、近いうちに遊びに来いよ。亜子も祖父ちゃんも喜ぶからさ」

「うん」

陽葵が頷き、双子が話しながら家の方向に去っていく。

市道を渡り、山への緩やかな勾配を歩きつつ、彼女が爽輝に問いかけてきた。

「亜子ちゃんの中学は、もう夏休みなの？」

「今日が終業式だってよ。でも夏休みは、俺らより一週間長いんだって。ずるいよな」

姉の亜子は中学一年生で、馬鹿ばかりやっている兄たちをいつも冷ややかに見ている。家族の中ではもっともクールな性格で、読書家だ。彼女は昔から陽葵を妹のように可愛がっていて、四歳差の二人は馬が合うようだった。

蝉の鳴き声がうるさく響く中、蛇行した道を二人で並んで歩く。最高気温が三十度の今日はひどく蒸し暑く、立ち上るアスファルトの熱のせいで道の向こうが揺らいで見えた。

あと少しで家というところで、陽葵が言った。

「あのね、夏休みの宿題の中に、〝将来の夢について具体的に考える〟っていうのがあるんだ。爽ちゃんは、大人になったら何をするか決めてる？」

「えっ」

将来を真剣に考えたことは、まだない。

兄たちは「高校を卒業したら、この集落を出て都会に行く」と話しており、先日父親を怒らせたばかりだ。

健司は家業である農業をどちらかに継いでもらいたいようだが、大輝は料理人、晃輝はパティシエになり、二人で一緒の店を持つという夢があるらしい。家でもよく独創的な料理を作っていて、台所を汚された奈緒がガミガミと怒っている。

爽輝は彼女に問い返した。

「お前は決まってんの？　何をしたいか」

「私は……」

陽葵が言いよどんでいるうち、家に到着する。

飴屋家は並び合う二軒を所有していて、古い建物は染色作家である父親の工房、数年前に建て直したスタイリッシュな二階建ての家が家族で暮らす住居になっている。

玄関を開けた彼女が「ただいまー」と声をかけると、奥から母親のあかりが出てきた。彼女は爽輝の姿を見て、笑顔になる。

「あら、爽ちゃん。いらっしゃい」

「これ、うちの母ちゃんが。山梨から桃が届いたからって」

「わざわざ届けてくれたの？　ありがとう」

陽葵の母親であるあかりは匂い立つようにきれいな女性で、奈緒より十歳上にはとても見えない。傍に寄るとふんわりといい香りがし、爽輝は昔から会うたびにドキドキしてしまう。

彼女は一旦家の中に引っ込み、アイスを三本持って戻ってきた。そして爽輝と陽葵に手渡して言う。

「暑いから、これ食べて。陽葵、工房にいるお父さんにも持っていってくれる？」

「はーい。爽ちゃん、行こう」

玄関にランドセルを置いた彼女と連れ立って、隣の工房に向かう。

築九十年だという建物の玄関の引き戸は、大きく開け放されていた。入ってすぐの土間には銀色に光る大きな〝簡易蒸し器〟があり、シンク周りには染料の入ったいくつもの小皿や大小の刷毛、筆が置かれていて、いかにも工房といった雰囲気を醸し出している。

縁台から上がったところは三十畳の畳敷きの大広間で、そこで扇風機に当たりながら作業机に向かっている男性がいた。陽葵が彼に声をかける。

「ただいま、お父さん」

「おかえり。あれ、爽輝、来てたのか」

「こんにちは」

彼女の父親の悠介は、染色作家だ。糸目友禅やロウケツ染めの作品を作っていて、今もその手には細い面相筆がある。

縁台から作業場に上がった陽葵が、父親にアイスを手渡して言った。

「お母さんが、『お父さんにも持っていって』って。あと爽ちゃん家から、桃をもらったの。わざわざうちまで持ってきてくれたんだよ」

「へえ。悪いな、こんなに暑いのに」

そのとき土間にある洗濯機が終了の電子音を立て、悠介がそちらを見る。彼はまだ未開封だったアイスを「持ってて」と言って娘に預け、立ち上がって土間に向かった。

その身長は見上げるほど高く、長い脚が目を引いて、爽輝は内心「やっぱかっこいいな」と思う。しなやかで男らしい体型と整った容貌、面倒見のいい穏やかな性格の悠介は、幼い頃から爽輝の憧れの的だった。

そんな爽輝をよそに、陽葵は作業机の上を真剣な眼差しで見ている。そこには色挿し途中の友禅があって、淡い色合いの草花が描かれていた。日本画を思わせる繊細な筆致は目を瞠るほど美しく、彼がメディアにも取り上げられる有名な作家だというのも素直に頷ける。

やがて悠介が洗濯機から水元と脱水を終えた生地を取り出し、バサッと広げた。途端に絢爛《けんらん》豪華な柄の名古屋帯が目に飛び込んできて、陽葵が歓声を上げる。

「すごい……！　きれいだね、お父さん。これって何ていう柄？」

「これは七宝華紋《しっぽうかもん》。同じ大きさの輪を交差させながら規律正しく広げた図形で、四方に無限に続くものをいうんだ。丸い形は〝円満〟を表し、それがずっと続くことから、吉祥文様、すなわち縁起がいい柄だとされる」

土間の天井にあるステンレス製の物干し竿《ざお》に掛けられたそれを、彼女はずっとキラキラした目で見つめている。

少し溶けかけたアイスを悠介が食べ始めたところで、彼のスマートフォンが鳴った。仕事の電話らしいやり取りを聞きながら、爽輝と陽葵は邪魔にならぬよう、一緒に外に出る。

入り口のすぐ脇にある古びたベンチに腰掛けた途端、彼女が意を決したように口を開いた。

「――決めた。私、将来はお父さんと同じ染色作家になる」

「へっ？」

先ほど言っていた、〝将来の夢について具体的に考える〟という宿題の話だろうか。陽葵が熱っぽく言葉を続けた。

「ずっと迷ってたの。お母さんみたいに英語のサイトとかを見て経済の原稿を書く仕事も、すごくかっこいい。他にもやってみたい職業はいっぱいあるけど、でも私はやっぱりお父さんの作品が好きなんだ。あんなふうに布をきれいな色に染めて、草花や古典的な柄を描くのを、一生の仕事にしたい」

これまで彼女は、父親と一緒にスケッチをしたり、彼の仕事を目の当たりにするたび、そうした考えを強めてきたらしい。

小学四年生でそんなしっかりしたビジョンを持つ陽葵を前に、爽輝はにわかに焦りをおぼえた。幼馴染である彼女には、絶対に負けたくない。

何より陽葵から「つまらない人間だ」と侮られるのが嫌で、爽輝はベンチから立ち上がると、彼女を見下ろして勢いで告げた。

「じゃあ俺は、父ちゃんの後を継いで農家になる」

「農家？」

「それで兄ちゃんたちの店に食材を卸せるような、めちゃくちゃ美味い野菜や果物を作る。いや、全国に名前を知られるような、すげーブランド野菜を作るから」

目を丸くしてこちらを見ていた陽葵が、ニコッと笑う。そしてどこか楽しそうに言った。

「じゃあどっちが早く一人前になれるか、競争だね」

「そんなの俺に決まってんじゃん。いっこ年上だし」

「でも、背は私のほうが高いよ。学年が上だからって、何もかも爽ちゃんが勝ってるわけじゃないでしょ」

「すぐに追い越すから！」

やがてアイスの棒を手に戸口から出てきた悠介が、二人を前に呆《あき》れた顔で言う。

「元気だな、お前ら。外は暑いんだし、中に入ったほうがいいんじゃないのか」

「おじさん、背が伸びる秘訣《ひけつ》を教えて！　俺、あと三十五センチはでかくなりたいんだ」

「秘訣？」

早速彼に飛びつくように質問する爽輝を、陽葵が頬を膨らませて咎《とが》めてきた。

「あー、爽ちゃん、お父さんに聞くなんて狡《ずる》い。自分で考えなきゃ駄目でしょー」

「うるせえ。狡くないってば」


外は午後になっても気温が下がらず、ムッとした熱気が立ち込めていた。飴屋家を出た爽輝は自転車に跨《また》がり、緩やかな勾配を下りながら考える。

(陽葵にだけは、絶対負けるわけにはいかねえ。父ちゃんに野菜のことをいろいろ聞きながら、畑仕事を手伝わせてもらわないと)

もちろん苦手な牛乳も飲んで、陽葵より高い身長を手に入れる。彼女に「爽ちゃん、かっこいい」と感嘆の目で見つめられるようになるのが、今の目標だ。

ふつふつと闘志を滾《たぎ》らせつつ、まだ青い稲穂が揺れる水田の脇の道を走る爽輝は、ペダルを漕《こ》ぐ足に力を込める。夏の空はどこまでも高く澄み渡り、吹き抜けるぬるい風が汗ばんだ前髪をなびかせた。

自転車で疾走する彼の影が、道に濃く長く伸びていた。

あとがき

こんにちは、もしくは初めまして。西條六花です。

蜜夢文庫さんで八冊目となる作品は、わたし自身とても思い入れのあるものとなりました。

初出は二〇一六年で、パブリッシングリンク　らぶドロップスより上下巻の電子書籍として刊行、その後二〇二〇年に書き下ろしを含めた完全版を同じく電子書籍で出していただきました。

そしてこのたび二〇二四年に紙書籍を上下巻で刊行することとなり、とても感慨深いです。プロの作家になる一年前に投稿サイトで連載していた作品なので、あかりと餡屋とはもう十二年ほどのつきあいとなります。

思えば元為替ディーラーのヒロインと染色作家のヒーローというのは異色で、おそらく今の商業ではゴーサインが出ない設定ですが、これまで長いこと作品を読んでくださった皆さま、そして懐深い編集部のおかげで本にすることができました。本当にありがとうございます。

刊行に当たっては改稿作業があり、これがかなり大変でした。三年経つと文章が変わってしまっていて、ほぼ全面的にリライトしています。

上巻の二人の初H後にまるまる一章分書き下ろしていたり、あかりの印象も以前と比べて少し変わっているので、旧作をお持ちの方はそうした違いを楽しんでいただけるとうれしいです。

今回のイラストは、七夏さまにお願いいたしました。凛々しくてほんのり野性味のある飴屋、しっとりとした大人の色気があるあかりを丁寧に描いていただけ、感謝の気持ちでいっぱいです。

目標だった紙での刊行を果たし、この二人と関わるのはこれで本当に最後なのだと思うと、一抹の寂しさも感じます。でも彼らの生活は、物語が終わったあともずっと続いていくはずです。

ムッとした夏の暑さと長閑な田舎町の風景、そこで紡がれる日常や二人の恋が、皆さまのひとときの娯楽となれれば幸いです。

またどこかで出会えることを願って。

西條六花

本書は、電子書籍レーベル「らぶドロップス」より発売された電子書籍『夏の終わりの夕凪に　吐息は熱を孕む』を元に、加筆・修正したものです。

★著者・イラストレーターへのファンレターやプレゼントにつきまして★
著者・イラストレーターへのファンレターやプレゼントは、下記の住所にお送りください。いただいたお手紙やプレゼントは、できるだけ早く著作者にお送りしておりますが、状況によって時間が掛かる場合があります。生ものや賞味期限の短い食べ物をご送付いただきますと著者様にお届けできない場合がございますので、何卒ご理解ください。

送り先
〒160-0022　東京都新宿区新宿 1-36-2　新宿第七葉山ビル 3F
（株）パブリッシングリンク　蜜夢文庫 編集部
〇〇（著者・イラストレーターのお名前）様

夏の終わりの夕凪に
染色作家の熱情に溺れて　下

２０２４年７月１７日　初版第一刷発行

著……西條六花
画……七夏
編集……株式会社パブリッシングリンク
ブックデザイン……しおざわりな
（ムシカゴグラフィクス）
本文ＤＴＰ……ＩＤＲ

発行……株式会社竹書房
〒 102-0075　東京都千代田区三番町８－１
三番町東急ビル６Ｆ
email：info@takeshobo.co.jp
https://www.takeshobo.co.jp
印刷・製本……中央精版印刷株式会社